La Sorcière de Venise

Anne-Sophie Silvestre

Illustrations de Flavia Sorrentino

Éditions Éveil & Découvertes

ISBN : 978-2-35366-012-4

Pour Christine,
comme la Befanita, apparue un 6 janvier.

Pour Juliette, Marie, Claire et Hugo,
par ordre d'entrée en scène dans le présent ouvrage.

Et merci, Adrien, pour les précieux conseils !

Avec ma très grande affection pour tous.

I.
La Sorcière de Venise

Il y a dans la ville de Venise une sorcière grande et maigre, qui a le talent de se glisser dans les cheminées pour apporter des bonbons aux enfants, le jour de la fête des Rois.

Elle s'appelle la Befana.

Je suis la Befana. Et je trouve que la vie de sorcière à Venise est incroyablement imprévisible.

Je suis grande et maigre et, pendant la nuit des Rois, je me coule dans les cheminées et je remplis de bonbons les chaussettes que les enfants accrochent dans leur maison en attendant mon passage.

Je suis censée emplir de jolies confiseries colorées les chaussettes des enfants sages. Et garnir de morceaux de charbon celles de ceux qui ne le sont pas. Mais, comment savoir qui est sage et qui ne l'est pas ? Un juge expérimenté s'y perdrait. Au reste, qu'est-ce exactement qu'un enfant sage ? Est-ce que mal travailler en classe fait sortir de cette catégorie ?… Vastes questions auxquelles je ne saurais répondre. Et auxquelles, du reste, je ne cherche pas à répondre.

Je fais donc en général un mélange. Des jolis bonbons et des morceaux de charbon, qui sont en fait des boules de coco à la réglisse. Tout cela pour leur souhaiter bon courage et bon retour à l'école. En effet, le jour des Rois et la rentrée des vacances de Noël se produisent le plus souvent, à un ou deux jours près, en même temps.

La lignée des Befanas vit à Venise depuis des temps très anciens, mais la toute première y arriva un jour par la mer, cherchant un lieu où s'établir.

1
La première Befana

C'était à Ogygie, une île située très loin dans la mer, à l'écart des routes habituelles des navires.

La maîtresse de cette île vivait en paix. Elle observait les courants marins et les cycles des vagues ; elle étudiait les animaux de l'île, les plantes et les coquillages ; et, la nuit, elle relevait la position des étoiles.

Un soir, une tempête se leva. Elle dura plusieurs jours et plusieurs nuits. À l'aube du quatrième jour, les fortes vagues qui se brisaient en rouleaux d'écume jetèrent sur la plage un naufragé, cramponné à un morceau d'épave. Il était presque mort de froid, de soif et d'épuisement. La maîtresse de l'île le sortit de l'eau et le ramena chez elle. Pendant les jours qui suivirent, elle employa toute sa science et toute son énergie pour le maintenir en vie. Elle était habile et, lui, doué d'un fort entêtement à survivre. Enfin, il rouvrit les yeux, but de l'eau, mangea un peu, et sourit.

Il raconta son histoire. Il était le roi d'une île de Méditerranée. Il s'en revenait d'une guerre lointaine qui avait duré dix années. Quelques jours plus tôt, la tempête avait brisé son navire en morceaux. Il s'était retrouvé dans l'eau, seul au milieu de vagues énormes. Il s'était accroché à un tronçon de mât cassé et n'avait plus pensé qu'à une chose : ne jamais lâcher ce morceau de bois. Et pendant que le marin parlait, la maîtresse de l'île comprit qu'elle l'aimait éperdument.

Il était drôle, tendre, bon conteur. Il riait volontiers. Pendant un temps, seuls au monde sur leur île, ils connurent le bonheur. Puis, il se mit à rire moins souvent. Sans qu'elle sache pourquoi, il devenait parfois brusque. Il restait de longs moments seul sur les rochers, les yeux perdus vers le large. Elle lui demanda ce qui le rendait triste.

– Ma femme, mon fils et les miens doivent me croire mort, répondit-il. C'est leur douleur qui m'afflige.

– Ils te manquent ? demanda-t-elle.

– Oui, dit-il.

Elle reçut ce « oui » comme un coup de poignard, mais, préoccupé par ses souvenirs, il n'en eut pas conscience. Elle ferma les yeux. Puis, après un long silence, elle prit sa décision. Elle aurait pu, par sa magie, sans grande difficulté lui faire oublier sa femme, son fils et sa famille. Mais elle ne le voulut pas.

– Ton destin n'est pas de demeurer à jamais loin des tiens, dit-elle. Tu dois rentrer chez toi. Il n'y aurait pas assez de bois sur toute l'île pour te construire un bateau. Mais nous pouvons assembler un radeau assez solide pour rejoindre un grand port. Nous nous mettrons au travail demain.

Il était bon marin, elle était mathématicienne. À eux deux, en peu de jours, le radeau fut construit. Ils le chargèrent de nourriture et d'outres d'eau. Ensemble, ils le poussèrent à la mer et hissèrent la voile. Au moment de quitter le bord, il hésita, voulut dire quelque chose, remercier, s'excuser… Mais elle ne le laissa pas parler.

– Va ! dit-elle, le vent est parfait, ne perds pas de temps.

Et elle poussa le radeau vers le large.

Les jours qui suivirent, plus rien n'eut d'intérêt pour elle. Comme le marin avant son départ, elle demeurait seule sur les rochers à contempler le large. Mais, elle ne mesurait plus les vagues comme autrefois, elle n'observait plus les nuages, ni le vol des oiseaux, non, elle rêvait. Elle découvrait qu'un nouveau sentiment était en train de s'emparer de son esprit : le désir de prendre la mer.

Elle avait envie de partir. De voir ce qu'il y avait de l'autre côté de l'horizon.

Elle venait de construire un radeau pour le marin, elle avait tous les plans précisément dans la tête. Et elle se doutait bien qu'elle ne serait plus jamais heureuse, ni même simplement tranquille, à Ogygie… Quelques jours plus tard, elle tira son radeau à l'eau, hissa la voile et mit le cap au large.

Elle se retrouva seule, entourée de l'horizon circulaire de la mer, en route vers elle ne savait où. Les nuits étaient limpides, plus étoilées qu'elle n'en avait jamais observées. Les aubes étaient roses. Les crépuscules, orange. Les dauphins l'accompagnaient souvent et leurs jeux la faisaient rire.

Il lui sembla que sa douleur devenait moins vive.

Pendant un temps, elle circula en Méditerranée. Elle suivit les côtes de l'Afrique et de la Sicile. Elle vit des villes et des îles. Elle laissait le vent et les courants choisir pour elle la direction à suivre. Et un jour, le vent et le courant, justement, l'amenèrent dans un paysage qu'elle trouva étonnant, différent de tout ce qu'elle avait vu jusqu'alors.

C'était une sorte de très vaste lac d'eau de mer,

protégé du large par de longues îles de sable. L'endroit était calme, et peuplé d'une multitude d'oiseaux. Elle en fut ravie, elle n'avait encore jamais vu une telle diversité d'espèces. Au centre de la lagune, sur un groupe d'îles proches les unes des autres, les habitants de ce pays avaient construit de solides maisons, appuyées sur d'épais pilotis de bois. Et, pour circuler avec commodité, ils avaient installé des passerelles entre toutes ces îles.

L'endroit lui plut. Elle décida de s'arrêter là. Du reste, le radeau commençait à se fatiguer et menacer de se rompre, il lui sembla que c'était un signe. Son désir d'aller toujours plus loin vers le large s'était apaisé.

Elle s'installa sur un îlot un peu excentré. Elle était belle, tranquille et ne dérangeait personne. Les habitants de cette curieuse ville faite d'îles et de ponts acceptèrent rapidement sa présence parmi eux. On lui demanda comment elle s'appelait. Elle ne voulait plus penser à Ogygie, ni au marin. Il lui fallait donc un nouveau nom. Elle choisit le surnom affectueux que lui donnait autrefois sa nourrice.

– Befana, décida-t-elle. On m'appelle la Befana.

2
La Befana et les trois voyageurs

Bien longtemps plus tard, par un bel après-midi de la fin de l'été, la petite-fille de la petite-fille de la première Befana prenait le soleil sur la petite plage tranquille qui se trouve à la pointe de l'île de San Giorgio Maggiore. Oui, comme son aïeule autrefois, elle aimait la tranquillité et contempler la mer.

La ville avait considérablement grandi depuis l'arrivée de la première Befana. Les maisons étaient plus grandes et plus serrées. Les ponts plus larges et plus nombreux. Certains bras de mer séparant les îles étaient devenus des canaux, bordés de quais. On construisait des maisons neuves sur les îles voisines où, jusqu'alors, on n'avait vu que des oiseaux et des roseaux. Et un port avait été bâti, où venaient accoster les navires de haute mer.

Ce jour-là, le vent soufflait fort. L'eau était bleu sombre, parsemée de moutons blancs. La Befana, allongée sur le sable, les yeux mi-clos, la tête soutenue par son panier, se distrayait à observer un bateau qui faisait voile à travers la lagune. Le bateau avançait peu car il avait les vagues contre lui. Il remontait le vent courageusement sans avancer beaucoup.

Décidément, ce bateau venait vers elle… Il s'approcha de la petite baie autant qu'il lui fut possible, affala ses voiles et jeta l'ancre à la mer. Trois personnages prirent place dans une barque et firent rame vers la plage. Ils relevèrent leurs vastes robes brodées, retroussèrent leurs amples pantalons de soie et descendirent dans l'eau pour tirer leur barque sur le sable.

– Veuillez nous pardonner de vous déranger ainsi, Madame, dit l'un d'eux, mais nous sommes perdus. Pourriez-vous nous dire où nous nous trouvons ?

– Vous êtes à Venise.

Les trois personnages se regardèrent mutuellement avec surprise. La Befana les trouvait infiniment sympathiques. L'un était un noir d'Afrique, l'autre, tout jeune, semblait venir de Perse. Et le troisième, le plus vieux, avait une barbe blanche et les yeux bleu clair des hommes du nord.

– À Venise ?… répéta celui à la barbe blanche. Voilà qui est fort étonnant.

– Si loin au nord ? s'interrogea le jeune Persan, c'est impossible…

– Détrompez-vous, chers amis, intervint l'Africain. La dernière fois que nous avons vu l'étoile, elle nous conduisait au nord-ouest. Depuis une semaine que cette brume nous masque le ciel, les courants ont pu nous emmener plus loin que nous ne le pensions.

– Ou alors, proposa l'homme à la barbe blanche, l'enfant se trouverait-il à Venise ?…

Il se tourna vers la Befana :

– Madame, auriez-vous entendu parler ces jours-ci de la naissance d'un enfant miraculeux ?

– Il ne me semble pas, répondit-elle. De quel enfant s'agit-il ?

Le jeune Persan expliqua :

– Une conjonction rarissime des astres annonce un événement prochain qui pourrait être la naissance d'un enfant, lequel apporterait à l'humanité un message de joie, de générosité et de compassion. Nos calculs nous permettent de croire que la comète qui parcourt le ciel depuis le début de l'été nous guide vers cet enfant. Mais cette comète est si capricieuse que la suivre est un tour de force et, depuis quelques jours, nous l'avons perdue.

La Befana réfléchit. Rien ne lui était plus familier que le monde des étoiles. Et, en effet, cet été-là, le ciel explosait d'événements. Elle aussi, chaque nuit où le ciel était clair, observait ce phénomène très rare de la conjonction de Vénus et de Jupiter avec la très brillante Alpha du Lion. Et, elle aussi, suivait les parcours de la comète, cette étoile errante, imprévisible, à la traîne dorée, qui balayait l'espace du ciel deux fois par vingt-quatre heures, à l'aube et aux premières heures de la nuit.

Les interprétations que les mages faisaient de ces phénomènes lui paraissaient vraisemblables.

– Le ciel sera limpide ce soir, dit-elle. Je puis vous emmener à mon observatoire, en haut du campanile. De là-haut, nous devrions pouvoir suivre bien nettement la trajectoire de la comète.

Au coucher du soleil, la Befana et ses trois compagnons montèrent au sommet du clocher carré. Le paysage de Venise et de sa lagune, éclairé par les dernières lueurs du jour, s'étendait autour d'eux. Au sud, juste au-dessus de l'horizon, Vénus, Jupiter et Alpha du Lion, tout proches maintenant les unes des autres, apparaissaient déjà. Et un peu plus tard, quand l'obscurité se fit, la comète parut au nord. Elle semblait prendre son temps, pointer le nez et se recacher derrière l'horizon, musarder, chercher son chemin, mais soudain elle se décida. Elle parcourut d'un trait l'espace céleste et disparut derrière l'horizon, du côté est.

– À l'est ! s'écrièrent les mages. Cette fois l'indication est claire. Dès demain, avant le jour, nous repartons.

– Puis-je venir avec vous ?

Cette recherche, orchestrée par les étoiles, enflammait soudain l'imagination et le désir de partir de la Befana. Le désir de prendre la mer et de s'éloigner toujours plus loin vers le large, qui avait été si puissant chez son aïeule, la première Befana, retrouvait soudain toute sa force chez elle.

Elle aussi voulait suivre la route indiquée par le ciel, et voir cet enfant de la joie et de la compassion dont la naissance était annoncée par un tel ballet d'astres.

C'est ainsi que la Befana suivit Gaspard, Melchior et Balthazar dans leur quête de l'enfant nouveau-né.

Le voyage ne fut pas aisé car la comète était le caprice même. Elle changeait d'avis, faisait des crochets, on ne pouvait jamais prévoir où sa fantaisie la mènerait le lendemain. Enfin, de sautes d'humeur en détours, ils parvinrent en Égypte. Ils laissèrent là leur bateau et achetèrent des chameaux. Ils traversèrent le désert. Dans les premiers jours de janvier, ils arrivèrent en Palestine.

Les deux planètes et Alpha du Lion étaient maintenant si rassemblées qu'on avait l'impression de ne plus voir qu'une seule très grande étoile à l'éclat extraordinaire. Et la comète semblait s'assagir. Plus de voltes ni de crochets. Comme si elle

ÉPICERIE

connaissait son chemin, désormais.

Le soir du 6 janvier, elle s'arrêta enfin au-dessus d'une étable, adossée à la montagne.

– Comment s'appelle cet endroit ? demanda Balthazar à un berger, assis près de son feu.

– Bethléem, Seigneur voyageur, répondit le berger.

À l'intérieur de l'étable, se trouvait avec ses parents un enfant qui pouvait avoir deux semaines. Un bébé doux et adorable comme tous les bébés de deux semaines. Mais celui-ci avait un regard si profond, si pensif, si compréhensif que les mages et la Befana eurent la certitude immédiate qu'ils ne s'étaient pas trompés. Cet enfant était bien celui qu'ils avaient cherché. Les larmes leur montèrent aux yeux. Ils eurent le sentiment de comprendre et d'aimer le monde et ses habitants plus pleinement qu'il ne leur avait jamais été donné.

Gaspard, Melchior et Balthazar étaient des hommes de science et d'aventure, mais ils étaient aussi des rois dans leurs pays. Ils avaient apporté de riches présents qu'ils déposèrent sur la paille en hommage à l'enfant. La Befana n'avait rien à offrir. Les sorcières de Venise sont notoirement peu fortunées.

Elle chercha dans toutes ses poches et réunit quelques piécettes, tout ce qu'il lui restait après ce voyage. Elle se rendit au village de Bethléem. Une épicerie était encore ouverte malgré l'heure tardive. Sur l'étagère des sucreries, elle aperçut de petites clémentines confites, jolies, brillantes et gracieuses, d'une couleur orange presque lumineuse.

– Pour l'argent que j'ai là, combien me donnez-vous de ces clémentines ? demanda-t-elle au marchand.

Le bonhomme compta les pièces. Par chance, la monnaie de Venise avait une excellente réputation.

– Une bonne livre, répondit-il, que je vous dispose en plus dans un petit panier.

– C'est entendu, dit-elle.

Et elle s'en retourna à l'étable avec son panier de clémentines, qu'elle déposa sur la paille, auprès des cadeaux des Rois Mages.

Quelques jours plus tard, chacun devant rentrer dans son pays, les quatre compagnons se séparèrent, non sans larmes, embrassades et promesses de s'écrire. La Befana regagna Venise, heureuse de son voyage, charmée de ce qu'elle avait vu.

Elle décida, en souvenir de sa rencontre avec l'enfant de Bethléem, d'offrir des cadeaux, chaque année, le jour des Rois, aux enfants de Venise. Pour rappeler le panier de clémentines, elle offrirait des bonbons et des friandises. La tradition était née. Et personne n'attache plus d'importance aux traditions que les sorcières vénitiennes. À part, peut-être, les parents et les enfants vénitiens.

3
La Befanita

Nous sommes en 1720 et je suis la Befana, la sorcière de Venise.

Je suis la petite-fille de la petite-fille de la Befana qui suivit les Rois mages, par un beau jour d'automne.

Aujourd'hui, c'est moi qui accomplis chaque 6 janvier le rite des cheminées et des cadeaux.

Dans la vie courante, j'aime porter de jolis tissus de couleur et de mignons escarpins à talons, mais, pour la nuit des cheminées, je me vêts comme un ramoneur : collant noir, foulard noir et espadrilles. Les ramoneurs s'y connaissent mieux que personne en cheminées.

Et je suis toujours accompagnée par mon grand lapin gris Amicomio, pour la bonne raison qu'Amicomio m'accompagne partout.

Venise n'a jamais été si belle qu'aujourd'hui. Le port reçoit tous les navires arrivant d'Orient et l'on y fait commerce de tout ce qui est riche et précieux. Les bords des canaux se sont couverts de palais qui rivalisent de fierté, de somptuosité, d'imagination et de dorures. Les poètes, les musiciens et les architectes veulent tous venir approfondir leur art à Venise. Certains prétendent que Gênes reçoit plus de bateaux que nous, mais nous leur rions au nez.

Amicomio et moi habitons un petit appartement au dernier étage d'une maison, en face de l'église Santa Maria dei Miracoli. À chaque baptême et chaque fête, le son des cloches envahit notre appartement. Par prudence, j'ai toujours pris garde que les habitants de mon quartier n'aient pas connaissance de mes travaux consacrés à la magie ou aux étoiles, ni de mes expéditions sur les toits. Nous vivons une époque méfiante et crédule, les gens ont vite fait de confondre science et magie avec pratiques diaboliques. Nous menons donc, Amicomio et moi, une vie ordinaire et discrète, et nous avons les meilleurs rapports du monde avec nos voisins.

Pourtant, ce 6 janvier-là fut différent des autres. Amicomio et moi avions déjà bien avancé notre besogne. Nous avions terminé notre tournée des quartiers de Santa Croce et du Rialto, une vaste partie du travail parce que les familles sont nombreuses à y habiter. Pour me reposer, je m'assis un instant sur le faîte d'un toit de tuiles roses. L'air était froid et piquant. Le ciel, lumineux. La bande claire de la Voie lactée traversait l'espace céleste comme un immense chemin d'étoiles.

– À quoi te font penser toutes ces étoiles ? demandai-je à Amicomio.

– Qu'il fera beau demain, que l'univers est sans doute infini, que je n'ai toujours pas résolu la question de l'existence de Dieu et, surtout : qu'il est déjà deux heures du matin passées.

– Pourquoi : « déjà ? » Nous ne sommes pas en retard.

– Nous le serons si nous continuons à traînasser. Il nous reste encore Saint-Marc et l'Arsenal. Allez, debout ! J'aperçois juste là une rue parfaite pour traverser…

Pour passer de toit en toit sans perdre de temps, Amicomio et moi sautons les rues qui, à Venise, sont en général étroites. Un peu d'élan et hop !… Il n'y a que pour franchir le Grand Canal, définitivement trop large, que j'utilise mon balai. Mais je le laisse ensuite garé sur un toit afin de conserver les mains libres. Nous passons le récupérer au petit jour avant de rentrer à la maison.

Je considérai avec méfiance la direction qu'Amicomio m'indiquait.

– Par où veux-tu nous faire passer ?

– Par le toit du Palais des Doges, c'est un raccourci.

– C'est un détour, tu veux dire.

– C'est le chemin le plus court pour aller à l'Arsenal, mais chaque année tu fais le même chipotage parce que ce chemin nous fait passer sur le toit de la prison des Plombs, et que tu n'aimes pas cet endroit.

Je me sentis vexée d'être devinée.

– Eh bien, oui, je déteste les prisons, elles me font peur, et alors ?

– Et alors, si tu veux la contourner, tu nous mettras en retard.

Malheureusement, Amicomio était dans le vrai. La Befana ne peut pas se permettre d'être en retard. Sa mission doit être terminée avant le lever du jour. Je me levai et me remis en chemin sans rien dire. Amicomio était déjà trop content d'avoir eu raison ; si, en plus, je l'avais admis, son triomphe aurait été sans limite.

Nous avons franchi le pont des Soupirs – un canal de moins à traverser – et nous sommes engagés sur le toit de la prison de Venise. Je songeai aux personnes enfermées un peu plus bas, juste sous nos pieds.

– Te rends-tu compte, dis-je, que les gens emprisonnés ici ne peuvent apercevoir ni les étoiles ni la lagune…

– C'est navrant, répondit-il, mais ils ont volé de l'argent et, nous, nous avons du travail.

À Venise, on ne plaisante pas avec les affaires d'argent.

Mais, soudain, Amicomio s'arrêta net.

– Écoute !

Je tendis l'oreille.

– Je n'entends rien… dis-je. Avançons donc. Toi qui étais pressé…

– Il y a un enfant dans cette prison !

– Un enfant aux Plombs ? Qu'est-ce qu'il y ferait ?

– Je n'en sais rien, mais j'ai entendu un enfant, j'en suis sûr.

Amicomio a un très bon instinct dès qu'il s'agit d'enfants. Je m'approchai d'un paquet de cheminées et j'écoutai avec attention. Et, en effet, venant de l'une d'elles, j'entendis les petits bruits – moitié gazouillis moitié vagissements – que peut produire un très jeune enfant.

– C'est même un bébé, dis-je. Et il se trouve en bas de cette cheminée-là.

J'en pointai une du doigt.

– Alors, allons-y, dit Amicomio. S'il y a un enfant, cette affaire nous concerne.

Les cheminées de la prison des Plombs sont certainement les plus étroites et les plus inconfortables de Venise. Je n'y étais encore jamais passée. Amicomio me suivait. Je lui ai parfois demandé d'où lui vient cette aisance à se glisser dans les cheminées.

FRAGILE

« Une cheminée, ce n'est qu'un terrier un peu long et vertical » a-t-il répondu.

Nous avons abouti dans une pièce aux murs de pierre, sans fenêtre sauf une mince lucarne presque aveuglée par des planches de bois épais.

– Bienvenue à Lieu-Sinistre, Détresse et Isolement… a soupiré mon lapin.

Dans un coin de cette pièce, j'allais dire de ce caveau, il y avait une sorte de berceau, fait dans une caisse de bois qui avait servi auparavant à expédier des paquets de macaroni. Et dans ce berceau, il y avait bien un bébé. Une petite fille qui devait avoir deux mois. Elle était éveillée et ouvrait dans la pénombre de grands yeux inquiets.

– Ces gens n'ont pas de cœur, murmura Amicomio à l'intention de toute la magistrature de Venise et de cette prison en général. Comment ont-ils pu la laisser seule dans cet endroit ?

– Elle ne devait pas être seule, dis-je. Elle était sans doute avec son papa ou sa maman, qui était détenu ici. Les juges permettent parfois cela quand ils ne savent pas à qui confier l'enfant.

Je pris la petite dans mes bras et traversai la chambre.

– Mais le papa ou la maman, continuai-je, s'est sauvé par ici…

Il y avait dans cette pièce une deuxième cheminée. Devant l'âtre, des traces de suie indiquaient que quelqu'un était passé par là, il n'y avait que peu de temps.

Mon lapin gris tordit la tête et inspecta le conduit.

– S'il est passé par là, respect ! C'est un artiste. C'est resserré comme le porte-monnaie d'un radin.

– C'est *une* artiste dis-je en me baissant pour ramasser quelque chose, laissé par terre au pied de l'âtre. C'est la maman. Et, en effet, elle connaît les cheminées : elle a ôté tout ce qui pouvait la blesser dans sa montée.

Je tenais dans le creux de ma main une paire de boucles d'oreilles. Deux anneaux d'argent, chacun orné de trois perles en verre, de différentes teintes de rose.

– Mais, comment a-t-elle pu abandonner son bébé ?

– Elle ne devait pas avoir l'intention de l'abandonner. Elle est peut-être seulement montée pour reconnaître le passage et s'assurer que la voie était libre… Elle pensait redescendre chercher la petite ensuite. Mais, sur le toit, elle nous a entendus et elle a pris peur. Elle a cru que sa fuite était découverte et qu'on la poursuivait. Alors elle s'est enfuie. Et maintenant, elle ne peut plus revenir chercher sa fille car, s'étant évadée, on lui doublerait sa condamnation.

– Alors, tout ça, c'est notre faute…

– Sans le vouloir, oui.

– Et, que faisons nous ? …

– On emmène le bébé et on cherche sa mère ; la Befana ne va pas laisser un enfant, seul dans une cellule de prison, la nuit des Rois.

Au petit jour, la tournée des cadeaux dûment terminée jusqu'à la dernière chaussette, nous avons ramené ce bébé inconnu chez nous.

La boulangerie-fromagerie-fruits et légumes du bout de ma rue ouvre très tôt. Je descendis acheter du lait, que j'exigeai frais du matin.

Nous lui avons préparé et donné son biberon, puis son bain. Nous lui avons mis un lange propre et l'avons couchée dans le berceau de bois qui sert aux Befanas depuis des générations. Pendant toutes ces opérations, la petite fille nous regardait avec attention, ses grands yeux ouverts. Ils étaient admirables. Immenses. Violet clair comme l'améthyste fine.

– Il faut lui donner un nom, à cette enfant, observa Amicomio.

– Elle doit déjà en avoir un, dis-je. On ne peut le lui changer.

– Alors un surnom conviendra, dit Amicomio. Pourquoi pas : la Befanita ?

C'est ainsi que la Befanita, le bébé des Plombs, entra dans notre vie à Amicomio et moi.

4
Créatures du mal !

Je me mis à la recherche de sa mère, celle que j'appelais en moi-même la petite voleuse des cheminées. Son histoire me bouleversait. Je l'imaginai toute jeune maman, toute menue. Oui, pour passer par une cheminée pareille, il fallait être fine comme un roseau. Elle avait dû être arrêtée pour un petit vol : que pourrait bien voler de gros une petite voleuse ? Elle avait voulu reprendre sa liberté sans l'aide de personne et elle avait perdu son bébé. J'imaginai son chagrin.

J'interrogeai les ramoneurs, ils ne savaient rien. Les voleurs, eux non plus. Les sages-femmes, sans résultat. Je surmontai même ma peur des prisons pour aller me promener autour des Plombs. Je bus un nombre incalculable de tasses de café dans les buvettes où les gardiens venaient prendre un moment de repos après le travail. J'entrai même un jour en conversation avec une gardienne du quartier des femmes, plutôt brave femme, mais dont je ne tirai rien. « Des petites voleuses, Ah ! ma pauvre dame, il n'y en a que trop… Et souvent, à peine libres, elles recommencent… Des filles trop jeunes avec des bébés sur les bras, il y en a beaucoup aussi… Que voulez-vous, Madame, l'époque est dure pour les femmes. Ah ! oui, tout cela est bien malheureux… »

Je montrai les boucles d'oreilles dans plusieurs boutiques de souvenirs. Des perles comme cela, on en fabriquait dans la plupart des verreries de Venise, tout le monde en portait.

Aucune trace de la petite voleuse, qui restait un mystère.

Avec cela, la Befanita grandissait. Elle apprenait à marcher, à parler, à sauter de toit en toit, à lire, à descendre et remonter les cheminées ; sa petite taille et son corps si mince lui facilitaient l'opération, mais, en plus, j'en étais convaincue, elle avait un don. Très vite, chaque nuit des Rois, elle m'accompagna dans la tournée des cadeaux.

Ma fille adoptive me ravissait. Elle était toujours gaie, toujours prête à apprendre, toujours prête à rire de tout… Amicomio, dès qu'elle fut en âge de descendre seule dans les rues de notre quartier, s'attacha à ses pas et ne la quitta plus.

Les étoiles, qui me passionnaient tant, l'intéressaient peu. Elle savait toutes les nommer, mais je compris vite que c'était plus pour me faire plaisir que par véritable curiosité.

Au départ, j'avais décidé de ne jamais lui enseigner la magie. Elle était mon trésor chéri, la perle de mes jours, mais elle n'était pas une Befana. La magie n'est pas un art comme la cuisine, c'est un travail et une recherche de chaque jour dans une très longue vie de sorcière. Un jour, je retrouverais sa mère, elle me quitterait, et que ferait-elle de cette magie ébauchée, mal approfondie ? Mais c'était compter sans la sagacité et l'esprit d'observation de ma petite maligne.

J'ai quelques habitudes de sorcière. Oh ! peu de choses, quelques commodités… Allumer mon feu en claquant des doigts. Faire sécher ma lessive par un rapide souffle de vent chaud. Ramoner une cheminée par un minusculissime tremblement de terre ; en effet, pourquoi se couvrir de suie et tousser pendant des jours alors que c'est si simple ?

Ma petite n'avait pas six ans qu'elle savait en faire autant. Et elle riait de me voir attrapée. Je la laissais faire. Du reste, comment aurais-je pu l'empêcher ? Je lui recommandais seulement de ne jamais laisser personne voir qu'elle connaissait ces ouvrages.

Il y avait une chose que nous partagions pleinement ma Befanita et moi, c'était notre goût pour le carnaval. Nous n'en perdions jamais une miette. En vraies Vénitiennes, nous passions l'année à coudre les déguisements que nous porterions pendant les douze jours de danses et de fêtes qui précèdent le Mardi-Gras. Finie la solitude des toits, des étoiles et des cheminées ! À nous les rues, la foule, la musique, les farandoles et les sarabandes, les masques, les plumes, les tissus dorés, les falbalas et les fanfreluches !

Nous ne travaillions plus du tout pendant les journées du carnaval. Ni plus personne à Venise, d'ailleurs. La Befanita laissait fermés ses livres de classe et ma lunette astronomique gardait son capuchon. Nous rentrions tard chaque soir et ne pensions qu'à retourner nous amuser le lendemain. Amicomio, un ruban à losanges ou une fraise de Pierrot autour du cou était de toutes les fêtes.

L'année de ce carnaval-là, la Befanita avait onze ans. Nous dansions une farandole sur la place du théâtre. Ma Befanita s'amusait autant qu'il était possible. Elle portait une robe de Colombine, faite d'épaisseurs étagées de satin blanc et de dentelles argentées, résultat de bien des soirées de couture. Et avec cela : un espiègle petit loup de velours noir dont la plume frisait coquinement et qui ne laissait apparaître d'elle que son mignon menton.

Cependant j'observai qu'un Arlequin à masque doré dansait trop souvent avec elle, et cela ne me plaisait guère. La bonne éducation, au carnaval, consiste à changer sans cesse de partenaire. Le carnaval est un temps de liberté. Chacun est masqué, on se rencontre, on ne cherche jamais à découvrir l'identité de l'autre, on danse une ou deux fois ensemble et l'on se sépare avec courtoisie. S'incruster est une preuve de grossièreté. Cet Arlequin ne plaisait pas non plus à Amicomio, dont je notai l'œil mécontent.

Soudain, l'Arlequin, contre toutes les règles, dénoua d'un geste rapide le lacet du masque de ma Befanita, dont le visage apparut à la vue de tous. C'était une chose qui ne se faisait jamais. C'était un geste insultant, méprisant et malveillant. Sans doute, l'avait-elle vexé en refusant une danse de plus. Indignée, car elle ne manquait pas de caractère, elle le repoussa violemment. Si violemment qu'il trébucha. Il partit en arrière, recula de plusieurs pas, tenta de reprendre son équilibre, n'y parvint pas et tomba le derrière sur le pavé.

La foule entière hua le malotru qui tenait encore à la main le masque de la Befanita, preuve de sa goujaterie. Le butor se releva avec fureur, s'élança vers ma fille et lui lança une gifle brutale et retentissante.

Mon sang ne fit qu'un tour. Ma colère, et aussi

mon instinct perpétuellement inquiet de mère adoptive firent que je fis ce que je ne fais jamais : j'utilisai ma magie en public. J'étendis les bras vers le malotru et je concentrai vers lui toute la puissance d'énergie que je pus réunir dans un moment si bref. Je sais : c'était déraisonnable, exagéré et contraire aux règles prudentes de la magie ! Mais, dans cet instant-là, je ne vis qu'une chose : on voulait du mal à ma Befanita, et je ne raisonnai pas.

Mon sort lui fit l'effet d'une ruade de cheval dans l'estomac. Il y eut une sorte de brume blanche et il fut catapulté dix pas en arrière, sa cape en lambeaux. Son masque doré voltigea, montrant à chacun sa trogne stupéfaite.

La musique et les danseurs s'arrêtèrent. La surprise était générale. Tout le monde nous regardait, moi, la Befanita et le gros Arlequin abasourdi, assis par terre.

Abasourdi, pas pour longtemps, car la fureur remplaça l'ahurissement sur son visage.

– Maléfices ! s'écria-t-il. Femelles du diable ! Ces démones sont des créatures du mal ! Il faut les arrêter !

Il y eut un moment d'hésitation dans la foule. On nous regardait avec crainte et défiance, maintenant, ma fille et moi. La voix d'Amicomio murmura soudain à mes pieds :

– Tu attends qu'ils allument un grand feu pour nous mettre au milieu, ou tu penses qu'il vaut mieux partir tout de suite et, très, très vite ?

Amicomio n'avait pas fini sa phrase que j'avais saisi la main de la Befanita et démarré une course folle en plongeant dans la ruelle la plus proche.

La menace était terrible. Les imbéciles, les craintifs et les jaloux accusaient les sorcières de commerce avec Satan, de magie noire, d'imprécations, de maléfices, ou tout simplement de porter malheur. Et, essayez de raconter à une foule apeurée et excitée que vous êtes la Befana, la pacifique et bénévole sorcière qui offre des bonbons aux enfants le jour des Rois, vous vous retrouverez brûlée ou jetée à l'eau avec une pierre au cou avant d'avoir pu aligner deux explications.

La ruelle aboutissait au Grand Canal. Une gondole était amarrée. Le gondolier, qui bavardait sur le ponton, n'eut même pas le temps de nous voir jaillir de la rue. Quand il nous aperçut, nous avions sauté dans son bateau et déjà traversé la moitié du Canal.

– Voleuses ! Voleuses ! cria-t-il.

« Voleuses… » La pire accusation qui soit à Venise. Presque aussi grave que la sorcellerie, c'est dire. Notre situation s'aggravait. Nous avons atteint l'autre berge, mais vingt barques étaient déjà derrière nous.

– Dire que je n'ai même pas pris mon balai… murmurai-je.

Avec mon balai, en quelques secondes, nous

aurions planté là cette meute d'affolés.

– Les toits ! dit Amicomio

Juste ! Personne ne savait sauter comme nous de toit en toit. C'était par là-haut que nous avions la meilleure chance de nous échapper. Une maison avait sa porte ouverte. Une cour intérieure. Un vestibule. Un couloir. Une autre porte. Et derrière, enfin ! une salle de bain munie d'une vaste cheminée.

Ce fut une longue ascension. Quatre étages. Nous sommes enfin sortis sur le toit. Tout semblait soudain calme et paisible à cette altitude. Mais des cris ont fusé dans la rue :

– Là-haut ! Elles sont là-haut !

5
Le capitaine Pomodoro

Je me penchai avec précaution. Ils étaient toujours là. Certains pointaient le doigt dans notre direction.

– Qu'est-ce qu'ils sont collants !… a murmuré Amicomio.

– Et bêtes, avec ça ! a ajouté la Befanita.

– Et surtout, dangereux ! ai-je rappelé. La chasse aux sorcières, ce n'est pas un divertissement du carnaval, c'est un drame.

Je me redressai et j'observai les toits autour de nous. Ma conclusion fut :

– Nous sommes mal.

En effet, nous nous trouvions dans ce quartier de Venise qui s'avance dans la lagune comme une presqu'île. D'un côté, le Grand Canal : trop large pour sauter. De l'autre, le Canal de la Giudecca : trois fois plus large encore. Derrière : nos poursuivants.

Et devant : la presqu'île qui devient de plus en plus étroite et finit à la mer. Une impasse. Dans une ou deux minutes au plus, nous verrions nos excités surgir sur les toits par les terrasses et les lucarnes. Piégés !

Je répétai pour mes compagnons :

– Dans une ou deux minutes, ils seront là. Il faut qu'ils ne trouvent plus aucune trace de nous, c'est notre seule chance. Ils nous cherchent en haut : nous redescendons !

J'avisai un vieux palais, face au Canal de la Giudecca. Il manquait des tuiles à son toit. Ses volets étaient fermés à tous les étages. Dans la cour, le jardin était revenu à l'état de forêt. La façade qui avait dû autrefois être couverte de jolies mosaïques était toute déteinte par le sel et le vent de la mer.

– Là-bas ! dis-je. Ce palais abandonné. C'est exactement ce qu'il nous faut. Nous trouverons bien là-dedans de quoi nous faire d'autres déguisements. N'importe quoi conviendra. Et nous quitterons le quartier par les rues. C'est le carnaval, tirons-en parti.

La Befanita et le lapin gris m'avaient parfaitement comprise. Nous sommes partis comme des balles de pistolet, nous avons franchi deux toits, sauté deux ruelles – je dirais presque enjambé –, choisi la plus large des cheminées du palais inhabité et disparu de la vue de toute personne qui aurait pu se trouver sur les toits. Cela n'avait pas duré trente secondes. Je pense qu'aucun chasseur de sorcières n'arriva assez vite pour nous voir faire.

C'était une vaste cheminée comme on les construisait autrefois dans les palais. Nous avons descendu – ou plutôt dégringolé – deux étages, et abouti dans ce qui me sembla être une chambre à coucher. La pièce était plongée dans la pénombre. La seule lumière venait d'un volet entrouvert. Un vieil homme était assis dans le lit. Il avait dans les mains une arquebuse.

Dont la mèche était allumée.

Et il nous tenait en joue.

– Pas un pas de plus ! ordonna-t-il, ou je vous transforme en hachis.

Je m'arrêtai net et levai précipitamment les bras pour donner l'exemple. La Befanita et Amicomio firent de même.

– Finalement, observai-je, il n'était pas vraiment abandonné ce palais.

– C'est curieux que tu en parles parce que, moi aussi, en entrant ici, j'ai ressenti cette impression … confirma Amicomio.

– Aha ! s'exclama le vieux monsieur à l'arquebuse, vous pensiez que cela ne serait pas difficile de cambrioler la maison d'un vieil homme que la maladie retient au lit… Mais, apprenez que personne n'a jamais réussi à voler le capitaine Pomodoro ! Et ça ne va pas commencer aujourd'hui.

– Mais, pas du tout ! Nous ne voulions pas vous voler… a protesté la Befanita.

– Et vous vous introduisez chez moi en passant par la cheminée ? À d'autres, mignonne !… Et c'est une habitude chez les voleurs de toujours laisser parler le plus joli minois de la bande : ça désarme les soupçons ! Mais, je vous préviens, avec moi, ça ne marche pas.

– Monsieur le capitaine, dis-je, nous n'avions pas l'intention de vous voler. Nous sommes entrés chez vous un peu cavalièrement, c'est vrai, mais c'était pour échapper à une meute d'excités qui nous ont poursuivis jusque sur les toits.

– Ah ! tiens donc… Et qu'est-ce que vous leur aviez fait ?

– Une querelle au carnaval qui a mal tourné. Plus un peu de vin qui leur a échauffé l'esprit. Et ils se sont figurés – allez savoir pourquoi – que nous étions des sorcières. Et, dans ces cas-là, il vaut mieux fuir que discuter.

– Ça c'est sûr. Pour trouver plus bête que la foule, il faut se lever de bonne heure… Et, ça n'était pas vrai ?

– Quoi donc ?

– Que vous êtes des sorcières ?

Je n'eus pas le temps de me demander quelle était la réponse la plus appropriée. On cognait à la porte de la maison, de grands coups qui résonnaient jusque dans les murs.

– Capitaine ! appelait-on depuis la rue, Capitaine Pomodoro !… Pouvons-nous entrer chez vous ? Des sorcières se sont cachées dans le quartier !… Par précaution, nous voudrions visiter votre maison.

– Pas question ! hurla le capitaine depuis son lit.

Il se tourna vers nous et ordonna :

– Vous, rendez-vous utile ! Poussez mon lit jusqu'à la fenêtre.

Nous avons poussé le lit tout contre la fenêtre. Le capitaine a passé le canon de son arquebuse par la fente du volet.

– Pas question que vous entriez chez moi ! a-t-il répété. Vous en profiteriez pour fouiner partout et revenir un jour me dérober mes biens.

– Mais, capitaine, ces créatures peuvent être dangereuses pour vous !

– Sottises ! Sottises et superstitions. Et éloignez-vous de ma porte ou je tire.

Puis, parce que ses voisins tardaient un peu à lui obéir, il fit feu. Son arquebuse fit un incroyable « boum ! » et emplit la pièce de fumée. Dans la rue, un morceau de pavé vola et la balle siffla. Le groupe des voisins se dispersa avec une rapidité admirable, chacun cherchant refuge sous les porches voisins.

– Est-ce clair ? Attention ! je vous préviens : je recharge… dit-il en empoignant ses balles et sa poire à poudre.

Mais son briquet, soudain récalcitrant, refusait de produire une étincelle pour allumer la mèche. Le capitaine l'actionna plusieurs fois.

– Ah, infecte camelote ! fit-il en secouant inutilement l'objet, traître ! déserteur ! vile bouse !

– Vous permettez ? demandai-je.

Je claquai des doigts. La mèche s'alluma. Le capitaine leva sur moi un regard étonné et appréciateur.

– Ah, parfait ! dit-il. Vous êtes une fille précieuse.

Il ressortit son fusil par la fenêtre :

– Et, cria-t-il encore, prévenez le charlatan de ce quartier que je me porte encore plus mal depuis qu'il me soigne, et qu'il est hors de question que je le paye !...

On chuchotait en bas. On conciliabulait. « C'est un vieux fou, laissons tomber... » fit une voix plus nette que les autres, qui monta jusqu'à nous. Le capitaine Pomodoro devint écarlate.

« Boum ! » Il avait tiré une deuxième fois.

– Voilà de la part du vieux fou ! cria-t-il.

Puis il se laissa retomber, soudain très fatigué, contre ses oreillers. Il reprit avec peine son souffle.

– Cette fois, dit-il enfin, je pense qu'ils sont partis pour de bon. Mais je crois qu'il serait prudent que vous attendiez la nuit pour sortir de chez moi.

– Merci du fond du cœur, capitaine, dis-je.

Mais, pourquoi avez-vous fait cela pour nous ?

– Dans ma vie de marin, j'ai fait la guerre aux Turcs, aux Anglais et aux Français. J'ai tenu tête aux pirates grecs, aux Barbaresques et aux chevaliers de Malte. Alors, ce n'est pas pour me laisser embêter par un groupe de niais excités qui prétendent entrer chez moi contre ma volonté, et qui se croient courageux parce qu'ils poursuivent deux filles. J'ai horreur des voleurs et des imbéciles, mais je n'ai rien contre les sorcières.

Appuyé contre ses oreillers, il contemplait le visage de la Befanita.

– Elle a des yeux magnifiques, cette petite, dit-il. Cette couleur d'améthyste fine, je n'ai jamais vu cela qu'une seule fois dans ma vie.

Il me sembla que le temps, pendant un bref instant, s'arrêtait.

– Très précisément, demandai-je, chez qui était-ce ? quand ? et où ?

6
Le Cavallo Marino

Une expression de regret voila soudain le visage du capitaine.

– Ah, dit-il, c'est un souvenir très triste. J'ai voulu bien faire et tout a mal tourné… Il y a une dizaine d'années, un soir de janvier, j'ai trouvé cette fille sur le pont de mon bateau, cachée entre deux ballots, tremblante de froid, l'air d'un chaton perdu avec ses yeux violets… J'ai d'abord cru – c'était normal ! – qu'elle était montée à bord pour voler quelque chose mais, honnêtement, il n'y avait sur mon pont que des marchandises pesant trente fois son poids… Alors, je l'ai prise par le bras et je l'ai descendue dans ma cabine. Je lui ai mis une couverture sur le dos et je l'ai forcée à boire deux quarts de bouillon chaud. Justement, en rentrant à bord, j'en avais pris un grand pot pour moi dans une taverne du port. Elle a fini par me raconter qu'elle venait de se sauver de la prison des Plombs et que la police était après elle...

– C'était il y a onze ans, dis-je. Dans la nuit du six au sept janvier. Et il était entre deux et trois heures du matin.

– Et la police n'était pas après elle, murmura Amicomio. Du moins, pas encore.

– Comprenez-moi, continua le capitaine, quand elle m'a dit comme ça qu'elle s'était évadée des Plombs, j'en suis resté baba. Personne ne s'évade jamais des Plombs !... Et j'étais très inquiet aussi : nos bons juges ne sont pas tendres avec les évadés. Pour l'exemple : crac !... la peine est multipliée par trois ou quatre... Il fallait qu'elle quitte Venise au plus vite ! À l'instant même, si possible. Je devais appareiller au matin, mais la nuit était claire, l'équipage était prêt, nous pouvions partir tout de suite, ce que nous avons fait.

– C'était bien généreux de votre part, dis-je.

– Ç'aurait été une pitié de laisser retourner en prison une aussi belle petite, et si courageuse. Je n'aime pas les prisons.

– Moi non plus, fis-je.

– Mais, quand elle voit que nous quittons Venise, la voilà qui pleure toutes les larmes de son corps et qui supplie qu'on la ramène à terre. Bien sûr, je ne l'ai pas écoutée, elle ne mesurait pas le danger qu'il y avait pour elle à rester dans cette ville. Nous devions décharger le bateau à Otrante. Mon cousin y habite, il a la meilleure femme du monde, je pensais laisser mon évadée chez eux le temps qu'elle se fasse oublier… Et pour la consoler, je lui ai dit que j'irai chercher son petit amoureux à Venise au prochain voyage et que je le lui amènerai à Otrante par la peau du cou s'il le fallait. Je croyais que c'était cela qui la rendait triste…

– Ce n'était pas cela…

– Mais, à Otrante, nous n'étions pas à quai depuis une heure qu'elle s'échappe et embarque sur un autre bateau qui repartait tout de suite pour Venise. Un abruti de capitaine, mauvais marin, un équipage de pleutres. Ils se font aborder dans le détroit par des pirates barbaresques et, ces minables abandonnent tous leurs passagers aux pirates en échange du droit de garder leur bateau.

– Et, savez-vous où elle est, aujourd'hui ?

– Cela n'a pas été difficile à savoir. Les ports de la Méditerranée sont une grenouillère à ragots. Les pirates étaient de Carthage. Ils sont rentrés tout droit chez eux. Et la petite, à cause de ses incroyables yeux violets, a été vendue pour un prix fabuleux au marchand Khâli.

– Elle y est toujours ?

– Oui. À mon dernier passage à Carthage, j'ai fait proposer à Khâli de la racheter, mais il ne veut en entendre parler à aucun prix. Elle est le joyau de sa maison, dit-il, une telle beauté est un cadeau de la Providence, il ne s'en séparera jamais.

– Bon ! dis-je.

Il fallait que je réfléchisse. Il fallait mettre en ordre toutes ces informations. Et, si possible, concevoir un plan.

Je me tournai soudain vers le capitaine Pomodoro :

– Quelle est votre maladie, exactement ?

Il parut un instant surpris de ce retour à nos soucis immédiats, puis il répondit :

– La goutte ! Cette chiennerie, cette gueuse de goutte !

– Me permettez-vous de vous examiner ?

J'envoyai la Befanita et Amicomio dans la pièce à côté. J'écartai doucement le drap.

Ah oui, carrément. Pour une crise de goutte, c'en était une belle. Le gros orteil du capitaine était rouge et gonflé. Le genou ne valait pas mieux. J'observai :

– Vous devez beaucoup souffrir.

– Mille morts, répondit-il sobrement. Ceci explique en partie mon manque de patience envers mes contemporains.

– Un médecin vous soigne ?

– Un âne ! Il prétend toujours me saigner. De toute façon, il ne veut plus revenir depuis que je lui ai tiré dessus par la fenêtre.

– Cela peut se comprendre. Et, de votre côté, vous ne perdez pas grand-chose…

Je remuai encore quelques pensées, puis demandai :

– Où est votre bateau ? Est-il prêt à prendre la mer ?

Il trouva sans doute que j'avais tendance à passer rapidement d'un sujet à l'autre.

– Mon bateau ? Le *Cavallo Marino* ? Il est au port, bien sûr. Je paie mes trois fainéants de marins à ne rien faire… Mais, pour ce qui est de prendre la mer… Vous voyez bien que je ne peux même pas me traîner hors de ce lit.

– Dans deux jours, vous le pourrez.

– Vous allez user sur moi de votre magie ?

– Cela ne sera sans doute pas nécessaire. La science des plantes devrait suffire.

– Oh ! je n'y voyais pas d'inconvénient… Vous savez, si cette douleur pouvait cesser, je n'irais pas chipoter vos méthodes et je dirais merci. Où voulez-vous aller avec mon bateau ?

– À Carthage.

– Vous voulez racheter la fille aux yeux violets ?

– Pourquoi la racheter ? Qui peut justifier qu'on achète et vende un être humain ? Ils lui ont pris sa liberté. Nous allons la lui rendre.

– Chez eux, tout le monde trouve ça normal. C'est une habitude très ancienne.

– Mauvaise habitude.

– Ils considéreront notre acte comme un vol.

– En ce cas, nous la volerons.

– Vous en parlez à l'aise… Vous n'imaginez pas à quoi ressemble la maison de ce Khâli. Elle est entourée de murs hauts comme deux étages chez nous, et gardée nuit et jour par des gardes armés. Sans compter les janissaires dans les rues. Si vous comptez sur mes trois clampins de marins, je crains que cela ne soit un peu léger pour une expédition de cette sorte.

– Il faudra nous débrouiller avec ce que nous avons.

– Et, peut-être ne voudra-t-elle pas revenir… Khâli est l'homme le plus riche de cette ville. Il est poli, cultivé, raffiné. Elle est son joyau, son trésor, sa perle fine. Elle doit vivre dans un luxe inimaginable. Elle est peut-être bien, là-bas. C'est ce que je me dis parfois pour me consoler…

– Alors, elle décidera de rester chez Khâli. Et ce sera son choix et l'exercice de sa liberté. Mais, moi, je l'aurai vue et je lui aurai dit ce que je veux lui dire depuis onze ans que je la cherche : que sa fille est vivante, qu'elle se porte bien et qu'il n'y a rien de plus joli au monde.

– Cette petite qui vous accompagne est donc sa fille ?

– Oui. Je l'ai trouvée dans une cellule des Plombs, un soir du 6 janvier, il y onze ans. C'était à cause de ce bébé qu'elle pleurait. Et c'est pour aller le rechercher qu'elle s'est sauvée, à Otrante.

– Pourquoi n'a-t-elle rien dit ? Comment aurais-je pu deviner ?

– Elle n'a sans doute pas osé. Ou pas voulu. Elle devait craindre au-dessus de tout qu'on lui prenne sa fille pour la mettre dans un orphelinat ou la faire adopter.

À la nuit tombante, je quittai la maison du capitaine Pomodoro par une petite porte du jardin. Nous avions cousu à la hâte un domino à capuchon dans un rideau de velours jaune canari plutôt fané, et trouvé dans le grenier un ancien masque de vieille femme souriante. Ils cherchaient une maigre, pour m'épaissir un peu je me ficelai un oreiller contre le ventre. Amicomio et la Befanita resteraient chez le capitaine. Je savais maintenant qu'ils y étaient plus en sécurité que nulle part ailleurs.

Le carnaval avait repris. On dansait sur toutes les places. Ici et là, pourtant, quelques abrutis, se prétendant défenseurs du bien, recherchaient encore les sorcières. Au nom de la sécurité publique ils obligeaient les carnavalières qui éveillaient leurs soupçons à ôter leurs masques. Toutefois, personne ne prit garde à la grosse dame en jaune canari et je regagnai sans difficulté notre maison.

J'allai tout droit à mon laboratoire. La maladie du capitaine se soigne avec l'extrait de la colchique, une fleur qui ne pousse qu'à la fin de l'été. Cela tombait mal, nous étions au milieu de l'hiver. Mais je suis une personne ordonnée et il en restait dans mes bocaux une réserve qui me parut suffisante. Je pris mon balai, ma musette de sorcière, et je m'en retournai au plus vite au palais de la Giudecca.

L'extrait de colchique, à dose mesurée, est un médicament souverain de la crise de goutte. À dose élevée, c'est un poison mortel. Toute la question est donc de ne pas se tromper dans les proportions. Je procédai en conséquence au moyen de quantités minutieusement progressives.

J'avais annoncé au capitaine qu'il pourrait marcher au bout de deux jours. Je m'étais vantée, il en fallut trois. Et quatre jours plus tard, le *Cavallo Marino* quittait Venise, emmenant à son bord, en plus de son équipage ordinaire, la Befanita, le lapin Amicomio et la Befana. La Befana qui, comme ses aïeules en d'autres temps, était à son tour saisie du désir irrépressible de prendre la mer.

Deux semaines plus tard, nous jetions l'ancre en baie de Carthage.

7
La baie de Carthage

Les coudes appuyés sur le bordage, le capitaine et moi observions dans nos longues-vues la ville de Carthage qui se déployait devant nous.

– Ce faubourg en bas, m'expliquait-il, c'est Megara. Les demeures riches sont situées sur la colline. La villa de Khâli est celle-ci, à mi-hauteur... Vous voyez l'ancien théâtre romain ?

– Les deux colonnes qui se dressent toutes seules vers le ciel ?

– C'est cela. Déplacez-vous un peu vers la droite, c'est cette maison-là.

C'était plus un palais qu'une villa. Le jardin qui l'entourait était si somptueux, si luxuriant, si plein d'orangers et de palmiers qu'on distinguait mal la maison. Je vis pourtant qu'elle possédait sur son toit une vaste terrasse entourée d'une balustrade de marbre, et que des femmes y allaient et venaient.

– C'est bien cela, confirma le capitaine. Ici, la terrasse est souvent réservée aux femmes. Elles y sont tranquilles, à l'abri du regard des hommes.

– Vous l'appelez la fille aux yeux violets, remarquai-je soudain, et moi, la petite voleuse des cheminées. Connaissez-vous son nom ?

– Elle s'appelle Apollonia... Mais, comment comptez-vous lui parler ? On ne vous laissera jamais vous approcher.

– En effet, cela ne va pas être simple... Manifestement, on ne pourra pas venir, ni repartir par les toits, ce jardin est trop grand...

Dans ma longue-vue, avec méthode, j'explorai les alentours de la villa de Khâli. Je demandai :

– Ces vieilles constructions, un peu sur la gauche, plus haut, après le groupe de trois palmiers... Ces ruines, savez-vous ce que c'est ?

– Ce sont d'anciens thermes romains.

– Des thermes ? Si haut sur la colline ? Où trouvaient-ils assez d'eau ?

– L'aqueduc arrive juste derrière.

– Un aqueduc ?

– Oui, l'ancien aqueduc de Carthage... Il existait avant les Romains, c'est une célébrité de la ville... Il amène l'eau des montagnes de Tunis, et alimente toute la ville haute.

– Où le voyez-vous, cet aqueduc ?

– À gauche, là, ce vieux pont à arches...

Ça, c'était intéressant !... Quelque chose ressemblant à un plan prenait enfin forme... J'étudiai avec soin ce pont millénaire. Il lui manquait un certain nombre de pierres, certaines arches étaient un peu affaissées, mais il se tenait debout avec une majesté antique. Il était très long. Il passait au-dessus du faubourg tout entier et s'ancrait au loin à une colline escarpée, où sans doute l'eau des montagnes arrivait par un canal ou un conduit. Une pente faite d'éboulis tombait de cette colline vers la mer. Là était sans doute notre solution !...

Je montrai au capitaine une petite baie, au pied de cette colline :

– Voyez, capitaine, il faudra que la barque nous attende à cet endroit, devant la plage, avant minuit.

– Je crois comprendre votre idée... Nous y serons. Souvenez-vous seulement que les janissaires font des rondes régulières sur cette côte et qu'ici, on plaisante encore moins avec les évadés que dans notre belle ville.

– Entendu. De votre côté comme du nôtre, nous ne ferons pas un bruit de trop.

– Mais comment pensez-vous entrer dans cette maison ?

– C'est là que la magie va nous servir... Je m'approcherai au moyen de mon balai ! Mais il n'est pas réellement prévu pour cela et cela va sans doute se révéler acrobatique.

J'attendis la nuit noire pour prendre mon envol. La lune ne devait se lever qu'une heure après minuit. Nous avions donc trois ou quatre heures d'obscurité complète devant nous. Je dis, nous, car Amicomio venait avec moi. Il est précieux dans ces sortes d'aventures.

J'avais revêtu un voile et une robe mauresque qu'un marin était allé acheter pour moi à terre. C'était une idée d'Amicomio. « Si nous nous retrouvons au sol, avec les janissaires qui nous courent derrière, autant que tu ne surprennes pas trop la population. » En attendant la nuit, je laissai la Befanita me composer un maquillage d'inspiration locale. Beaucoup de khôl noir autour des yeux. Une ombre bleu clair, dégradée en mauve sur les paupières. Les sourcils allongés au crayon. Les lèvres rose nacré. Très joli !

– Qu'allez-vous faire à terre, avec tant de mystères ? demanda-t-elle.

– Accomplir une mission, répondis-je.

Je n'avais pas parlé à la Befanita du véritable but de notre voyage. Si notre expédition se terminait par un échec, mieux valait qu'elle n'ait pas de déception. En outre, je ne lui avais jamais parlé de sa mère, ni de mes recherches. Et elle-même n'avait jamais posé de questions. Elle savait qu'elle était l'enfant de la nuit des Rois, l'enfant des cheminées, la Befanita. Cette identité semblait lui convenir et, moi, je ne voulais pas la troubler. Mon idée était que nous aborderions le sujet plus tard, quand il serait temps.

Le problème avec un balai de sorcière, c'est que cela ne peut voler que vite. Trop lentement, il décroche et tombe. C'est très commode pour se déplacer quand on sait où l'on va et qu'on connaît son point d'atterrissage ; mais, ce soir, il n'était pas question d'arriver comme des trombes sur cette terrasse où nous n'étions même pas sûrs de trouver Apollonia.

L'autre défaut du balai, c'est qu'il ne peut pas porter deux personnes, en tout cas pas deux adultes. Si nous retrouvions Apollonia, le retour devrait se faire sans son aide.

Je montrai à Amicomio le plus grand arbre du jardin de Khâli. Un eucalyptus, qui – me semblait-il – n'était pas trop éloigné de la terrasse.

– Première étape, dis-je, on se pose dans cet arbre.

– « On se pose » ? Je pense que tu as voulu dire : « on s'écrase dans cet arbre. »

– Oui, c'est exactement ce que j'ai voulu dire.

– Alors, c'est entendu.

– Et de plus, très important : nous nous écrasons sans bruit.

– Cela va sans dire.

Partis du pont du *Cavallo Marino*, nous volions à pleine vitesse.

– Je vise l'arbre, dis-je à Amicomio, criant presque pour qu'il m'entende malgré le vent, à l'endroit le plus épais et le plus feuillu. Quand nous arrivons dessus, je redresse et je ralentis autant qu'il est possible, mais préparons nous à un fameux choc. Et après, chacun s'accroche à ce qu'il peut.

– Entendu !...

– Alors, attention !... Impact !

Nous nous sommes carrément enfoncés dans la masse des branchages. Par chance, l'eucalyptus possède des branches souples et d'abondantes feuilles flottantes. La densité et la plasticité de ce feuillage atténuèrent un peu la brutalité de notre arrivée. Je reçus un coup violent dans l'épaule, un autre dans la cuisse, encore un dans la tempe, et je me vis soudain entourée de branches et de feuilles. Je ne me posai alors aucune question et je m'accrochai à pleins bras à ce qui se trouvait le plus près... Passablement abasourdie, je vérifiai mes jambes et mes bras. Apparemment, hors quelques coups ici et là, je m'en tirai sans vrais dégâts... Je levai la tête et vis qu'Amicomio, un peu au-dessus de moi, avait réussi à en faire autant. Il me fit signe que tout allait bien. Je n'avais même pas perdu le balai, attaché à ma taille par un filin fin. Il semblait que la première partie de notre expédition, l'intrusion dans le jardin de Khâli était réussie.

Nous pouvions désormais nous préoccuper de cette terrasse.

Depuis le bateau, j'avais vu juste : l'arbre était tout proche de la maison. Avec un saut peu difficile, on pourrait rejoindre le bord le plus reculé de cette esplanade, où se trouvait une rangée d'orangers en pot. Dans la partie éclairée, je comptai quatre femmes. Dans ce lieu sans homme, elles ne portaient pas de voile. L'endroit avait l'air tout à fait agréable. Entourées de photophores et de flambeaux, assises sur des coussins gros comme des canapés, elles bavardaient, jouaient de la guitare et buvaient du thé. Parfois, un éclat de rire arrivait jusqu'à nous. Notre remue-ménage dans le feuillage ne semblait pas les avoir inquiétées ; peut-être avions-nous fait moins de bruit que je ne le craignais, ou peut-être était-il habituel que de grands oiseaux fassent ainsi bouger les branches... De toute façon, peu importait, le résultat était là... J'observai aussi le jardin. Je distinguai deux silhouettes dans la pénombre, sans doute les gardiens dont le capitaine Pomodoro avait parlé. En effet : l'endroit était surveillé.

Amicomio partit le premier. Il se laissa glisser de branche en branche et, d'un élan rapide, sauta sur l'angle de l'esplanade, derrière les orangers. J'attendis quelques instants, puis j'accomplis le même parcours. Et enfin, cachée derrière les arbres en pots, j'écartai doucement les branches.

Elles étaient bien quatre, installées sur leurs coussins. Deux me faisaient face. L'une était une blonde nordique et l'autre une Africaine noire. Sans doute deux autres joyaux du seigneur Khâli. Une troisième me tournait le dos. Elle cousait, assise en tailleur par terre ; si elle cousait, il s'agissait sans doute d'une servante, donc celle-ci n'était probablement pas Apollonia… Je voyais mal la dernière, qui se trouvait dans l'ombre. Elle était assise en retrait, et le flambeau, planté près d'elle dans un grand vase, était sur le point de s'éteindre. J'allongeai la main et je fis jouer doucement mes doigts, presque sans bruit, en direction de cette torche. « Toi ! rallume-toi ! » murmurai-je.

La flamme soudain fusa en diffusant une vive lumière. Toutes sursautèrent, puis elles se mirent à rire :

– Qu'est ce qu'il lui prend à ce flambeau ?… s'amusèrent-elles.

Mais, moi, j'avais vu ce que je voulais voir. Ou plutôt : nous avions vu, car Amicomio éprouvait la même émotion que moi.

Apollonia ressemblait si magiquement – si j'ose m'exprimer ainsi – à la Befanita que j'en eus les larmes aux yeux. Sa silhouette, gracieuse comme un colibri et fine comme un roseau, son petit visage rond, et même sa façon de pencher rêveusement la tête… Tout cela n'était pas exactement identique, mais si proche, si familier pour nous, qu'il était pour lui et moi évident qu'elles étaient mère et fille.

Il était tard, maintenant. Les deux compagnes, la noire et la blonde, s'étirèrent et se levèrent de leurs coussins. Elles souhaitèrent une bonne nuit et rentrèrent dans la maison.

– Va te coucher, toi aussi, Noura, dit Apollonia à la jeune fille qui cousait. Je n'ai pas sommeil. Je resterai encore un moment.

Noura protesta et se fit un peu prier, mais je compris bien que c'était pour la forme. Apollonia, apparemment, était coutumière des veillées tardives sur cette terrasse.

Cela nous arrangeait – on peut l'imaginer – on ne peut mieux !

Quand elle fut seule, nous avons attendu un moment encore à l'abri de nos orangers afin de nous assurer que personne ne revenait. Mais Apollonia se tourna vers nous et murmura :

– Il y a un moment que je vous ai vus, vous savez !... Vous pouvez sortir, si vous le voulez. Personne ne viendra plus.

Nous sommes sortis de sous nos arbustes. Elle ne semblait pas le moins du monde surprise par notre présence.

– Vous saviez que nous étions là ? demandai-je.

– Depuis un moment, déjà. Je vous ai vus descendre de l'arbre.

Je m'inquiétai :

– Les autres aussi ?

– Non. Quand elles s'amusent, elles ne s'occupent pas de grand-chose d'autre.

– Et vous, vous ne vous amusiez pas ?

– Non.

Pendant un instant, elle m'envisagea, puis ajouta :

– je ne voudrais pas vous vexer, mais votre maquillage ne trompe personne. Il fait plutôt touriste.

– Ah ?... Et moi qui le trouvais bien... Mais il est vrai que ma maquilleuse manquait d'expérience... Vous ne vous demandez pas qui je suis ?

– C'est facile. Chez moi, on dirait que vous êtes une sorcière ; ici, que vous êtes une djinnya.

– Et vous penchez pour quelle réponse ?

– Je ne sais pas. C'est à vous de me le dire, si vous en avez envie.

– Je suis une sorcière, je viens de Venise.

– Venise ?

Tout un monde de passion et de désir apparut dans ses yeux. Jusqu'ici elle m'avait parlé avec une sorte d'incuriosité et de nonchalance. Je n'étais qu'une apparition mystérieuse, surgie d'un quelconque monde merveilleux et tombée par hasard sur sa terrasse, qui la distrayait dans cette nuit d'ennui. Une nuit tiède, sous le plus beau ciel étoilé qu'on puisse voir, saturée du parfum des

jasmins et des fleurs d'oranger, mais une nuit de captivité quand même.

Elle répéta, avec davantage d'intensité :

– Venise ? Pourquoi êtes-vous ici ?

– Je vous cherchais, Apollonia. Je voulais vous rapporter quelque chose que vous avez perdu.

J'ouvris ma main et je lui tendis une paire de boucles d'oreilles. Deux anneaux d'argent portant chacun trois perles de verres, de différentes teintes de rose. Elle les saisit vivement.

– Où les avez-vous trouvées ?

– Là où vous les aviez laissées, par terre, au coin de la cheminée.

– N'y avait-il rien d'autre dans cette pièce ?

– Si. Dans le coin, à droite de la porte, il y avait une caisse qui avait contenu des macaronis.

– Et Giulietta ?

– Elle allait bien. Et elle va tout aussi bien aujourd'hui, si ce n'est qu'elle a grandi.

Je l'avais bien dit qu'elle avait un prénom…

– Où est-elle ?

– D'ordinaire, elle est chez moi, à Venise, place Santa Maria dei Miracoli, dernier étage, la porte en face de l'escalier. Mais, à l'instant présent, elle se trouve sur le bateau du capitaine Pomodoro, qui vous attend à l'ancre, là-bas, dans la rade.

– Le capitaine Pomodoro ?

– Oui, lui aussi vous cherche depuis qu'il vous a perdue à Otrante.

Les yeux d'Apollonia s'emplirent de larmes :

– Je croyais que tout le monde m'avait oubliée… Mais, comment parviendrai-je jusqu'au bateau ? On ne peut pas sortir d'ici. J'y ai songé bien des fois : c'est impossible.

– C'est vous, qui êtes sortie seule des Plombs, qui dites cela ?

– Je vous assure : j'ai cherché toutes les solutions. Et j'ai eu du temps pour cela.

– Il y en a peut-être une que vous n'avez pas approfondie.

– Laquelle ? Dites vite !

– Un puits, cela ressemble beaucoup à une cheminée, sauf que cela va vers le bas.

8
La sorcière de Venise !

Nous nous sommes accoudées à la balustrade. Sorties de la zone de lumière des flambeaux, on ne pouvait guère nous apercevoir d'en bas.

– Montrez-moi où se trouve le puits, demandai-je à Apollonia.

– Il y en a deux, un de chaque côté de la maison. Celui de ce côté est ici, dans la direction de mon doigt.

Dans la nuit, je ne pouvais rien voir, mais j'évaluai qu'il se trouvait à une quinzaine de pas du pied de l'eucalyptus.

– Vous êtes la meilleure grimpeuse que j'aie eu l'occasion de voire faire, dis-je, mais cet eucalyptus a l'écorce lisse. Vous sentez-vous capable de descendre le long de son tronc.

– J'y arriverai. Mais, savez-vous qu'il y a deux gardiens qui veillent toute la nuit à l'intérieur du jardin ?

Et encore trois autres à l'extérieur des murs ?

– Ceux de l'extérieur ne nous dérangent pas. Mais il va falloir distraire ces deux-là…

– Nous pourrions allumer un incendie dans le jardin, proposa Amicomio. En général cela distrait bien les gens.

– Sauf, dis-je, que dans le cas présent, cela va réunir toute la maisonnée autour du puits, ce qui n'est précisément pas notre objectif.

– Si nous faisions partir le feu de l'autre côté de la maison, à moins qu'ils n'aiment beaucoup courir avec des seaux, ils iront au puits le plus proche. S'ils ont besoin de beaucoup d'eau, ils viendront peut-être ici, mais nous aurons eu le temps de passer.

– Un peu hasardeux, dis-je, mais cela mérite d'être essayé. Attendez-moi dans l'arbre. Je descends la première et je m'occupe de ce feu. Dès que l'incendie fait accourir les gardes de l'autre côté, rejoignez-moi au puits.

– Non, dit Amicomio. C'est moi qui descends le premier. Si l'on me voit, c'est sans grande importance : un lapin qui s'est introduit dans le jardin… Si l'on t'aperçoit toi, ce sera l'alarme générale : ça peut tout perdre !

– Et comment comptes-tu allumer le feu ?

Il fit un rapide mouvement de la patte en direction d'un photophore dont le lumignon s'était éteint. La flamme se ralluma vivement.

– Ah !… fis-je, parce que toi aussi…

– Oui, moi aussi. Et, honnêtement, sans vouloir en rien te froisser, je n'ai jamais trouvé cela compliqué.

– Alors, à Dieu vat ! vas-y…

– Au fait, s'inquiéta soudain Amicomio, il n'y a pas de chiens dans ce jardin ?

– Non, répondit Apollonia. Je ne sais pourquoi, ils n'aiment guère les chiens dans ce pays.

– Les braves gens… murmura Amicomio en commençant sa descente.

– Encore une chose, ajouta Apollonia à voix basse : pour le feu, au bout du jardin, de l'autre côté, il y a un appentis où l'on met la paille et les copeaux pour le paillage des rosiers…

– Parfait.

Ce lapin gris, qui pourtant vit en ville, monte aux arbres et en redescend avec la facilité d'un chat. Il ne m'a jamais dit d'où lui venait cette virtuosité.

Quatre minutes ne s'étaient pas écoulées qu'une vive lumière parut du côté opposé de la maison, des cris, une odeur de brûlé, des gens qui courent de toute part : bref, un début d'incendie. La cabane à outils était en train de partir en fumée.

– Allons-y ! dis-je.

Nous nous sommes laissé glisser le long de l'arbre. En effet, Apollonia n'avait rien perdu de ses talents de grimpeuse, elle aussi adhérait au tronc comme un félin. Amicomio nous attendait déjà en bas. Et, en quelques secondes, nous avons disparu dans le puits. C'était beaucoup plus large qu'une cheminée, mais les parois en grosses pierres étaient faciles à désescalader. Le fond contenait une citerne, et, à deux ou trois pieds sous la surface du sol, un conduit horizontal s'ouvrait dans la paroi, d'où coulait comme d'une fontaine un filet d'eau.

– La voilà, dis-je, l'arrivée d'eau ! Si ce que j'ai imaginé est juste, ce conduit devrait nous emmener du côté des anciens thermes, là où arrive l'aqueduc.

– Je passe devant, dit Amicomio, les souterrains, c'est mes oignons.

Le passage était long et étroit, il y coulait un ruisseau d'eau, mais pour des gens qui avaient grimpé dans les cheminées des Plombs, c'était aisé et confortable comme une promenade du dimanche. Et ainsi, en rampant dans le conduit, nous passions sous les murs, sous les gardes, et sous les pieds de tous les gens qui auraient pu voir un inconvénient dans notre départ de ces lieux.

– Il me semble que l'air libre n'est plus loin… annonça enfin Amicomio.

– Quand tu aperçois l'extérieur, dis-je, vérifie qu'il n'y a personne à la sortie.

– J'y vais, dit-il, Attendez-moi.

Il partit en avance. Puis revint :

– Ce conduit aboutit à un réservoir, chuchota-t-il, une sorte de piscine… J'ai bien écouté, il n'y a personne, l'endroit ne semble pas gardé.

– Tu es sûr ?

– Depuis que les lapins et autres proies herbivores existent, leur survie dépend de la vélocité de leur fuite, mais plus encore de leur ouïe. Alors, si je te dis qu'il n'y a personne, j'ai très probablement raison.

– Juste. Allons-y.

Nous sommes sortis dans un large bassin, sous le ciel étoilé. Nous avions de l'eau jusqu'au ventre. Je pris Amicomio sur l'une de mes épaules. Ce bassin était sans nul doute le château d'eau de la ville, donc ce que je cherchais… Il restait maintenant à trouver l'arrivée de l'aqueduc.

– Ici ! murmurai-je.

Le pont millénaire était bien là. Un peu dégradé, un peu fissuré, un peu obstrué de sable et de pierres, mais continuant à remplir sa mission qui était de conduire l'eau.

– Par là ! dis-je en m'engageant sur le pont.

Et ainsi, après être passés sous les pieds des Carthaginois, nous sommes sortis de leur ville en courant au-dessus de leurs têtes. La voie était facile. L'aqueduc autrefois avait dû être bien fermé en un conduit étanche, mais le temps avait fait disparaître la plupart des dalles du plafond et, l'eau nous montant à peine aux genoux, nous pouvions marcher vite, et parfois courir.

– Elle paraissait plutôt agréable cette terrasse, tout à l'heure... chuchota Amicomio, toujours perché sur mon épaule. Si nous nous faisons prendre et que tu te retrouves esclave de luxe à Carthage, tu crois que ça va te plaire comme vie ?

– Pourquoi : « de luxe » ? Tu as vu la beauté des deux filles assises sur les coussins ? Tu crois que j'entre dans cette catégorie-là ?

– Bon, peut-être pas tout à fait... Mais, avec tes connaissances et tes talents, tu pourras sans doute négocier d'échapper à la vaisselle ou au travail des champs.

– Merci, c'est ce que j'appelle une idée réconfortante.

Comme je l'avais observé depuis le bateau, l'aqueduc traversait la plaine et aboutissait à une colline de pierres et de sable. Le petit canal qui l'alimentait poursuivait son chemin vers les montagnes. Nous, nous le quittions là. Il fallait maintenant rejoindre la mer, mais, cette descente se révélait plus pentue que je ne l'avais cru.

– Faites attention, murmurai-je : rien ne tient !... C'est du sable et de la caillasse. Essayez de ne laisser aucune pierre rouler. Amicomio, est-ce qu'il y a quelqu'un dans les environs ?

Dans le silence de la nuit, le lapin gris pointa

les oreilles dans plusieurs directions.

– Non, dit-il enfin.

– Alors, allons-y.

La lune n'était pas encore levée. Pour la discrétion de notre évasion, c'était une bonne chose, mais cela compliquait cette descente. Nous allions très lentement, vérifiant à chaque pas la solidité du terrain.

– Stop ! dit soudain Amicomio à voix basse, quelque chose approche…

Avec précaution, nous nous sommes baissés. En effet, quelqu'un passait, là en bas, sur la plage…

– Ce sont les janissaires, murmura Apollonia d'une voix à peine audible. Une patrouille à dos de dromadaires. Toutes les nuits, ils surveillent la côte pour empêcher les évadés de sortir et les contrebandiers d'entrer.

La surface de la mer brillait légèrement. Malgré la profonde obscurité, il me sembla distinguer trois dromadaires. Ils allaient paisiblement. Ils passaient sans nous voir.

– Plus un geste, dis-je dans un souffle. On attend qu'ils s'éloignent.

Mais, alors que je prononçai ces mots, je sentis avec frayeur la pierre sur laquelle j'avais appuyé ma main se détacher du sol meuble. Je fis tout ce que je pus pour la retenir, je tentai de l'agripper, de m'y accrocher, de la retenir, mais elle était lourde et le sable me glissait entre les doigts. Elle partit et dévala la pente, cognant, craquant, et en entraînant d'autres avec elle…

Les janissaires s'arrêtèrent et se tournèrent vers l'endroit où nous nous trouvions.

– Qu'y a-t-il, là-haut ? appela l'un d'eux. Descendez, et dites qui vous êtes !

Sans attendre de réponse, deux d'entre eux se placèrent en position de surveillance sur la plage, le fusil à la main. Le troisième sauta à terre et, à grands pas agiles, commença de grimper la pente, exactement vers nous.

– Quoi qu'il arrive, dit soudain bas Amicomio, ne bougez pas !

Il jaillit d'un bond hors de notre cachette et fonça droit sur l'homme qui grimpait dans les éboulis. Il se jeta presque dans ses jambes, fit un brusque écart, et s'enfuit en zigzag dans la direction opposée à la nôtre. Le janissaire épaula et fit feu. La détonation me fit l'effet d'un coup au cœur. Non ! pensai-je. Cela ne peut pas être ! Amicomio, qu'as-tu fait ?…

L'un des janissaires resté sur la plage appela :

– Qu'est-ce que tu as vu ?

– Un grand lièvre !… Superbe !… Mais je crois que je l'ai manqué à cause de ces fichues caillasses.

De dépit, il donna un coup de pied dans quelques pierres qui roulèrent au bas de la pente.

– Eh ! ne fais pas tomber cette falaise… Tu mangeras des légumes, et puis voilà !…

L'homme au fusil rejoignit les siens, remonta sur son dromadaire, et ils s'éloignèrent. Le silence revint sur cette plage.

– Amicomio ! appelai-je à mi-voix. Amicomio, réponds-moi !… Si tu es blessé, dis quelque chose !…

Rien ne répondit.

– Où es-tu ? insistai-je. Quelle idée de te sacrifier pour nous !…

– C'eût été fort noble, mais je n'avais pas spécialement l'intention de me sacrifier… fit la voix d'Amicomio.

Il revenait vers nous, paisiblement, à travers la pierraille.

– Tu as entendu ? Il m'a pris pour un lièvre. C'est plutôt flatteur, non ?… Et j'ai réussi à me rendre invisible pendant au moins trois secondes, c'est finalement bien commode quand un excité vous tire dessus…

– Toi ? tu sais te rendre invisible ?

– Oh, très modestement, pas plus de quelques secondes, c'est pour ça que je ne t'en ai jamais parlé.

– Ne me fais plus jamais des peurs pareilles… Et maintenant, à la plage ! Si tout se passe comme prévu, la barque devrait nous y attendre.

Au bord de l'eau, je ramassai sur le sable un petit morceau de bois laissé là par le flot. Je claquai des doigts, il s'alluma en produisant une discrète flamme verte. Je levai le bras et l'agitai lentement de droite à gauche. En réponse, quelque part au milieu de la baie, un petit lampion vert s'alluma et clignota, quelqu'un passant la main devant et la retirant. C'était le signal convenu. La barque était bien là. Et, sortant soudain de l'obscurité, elle s'approcha silencieusement du rivage. J'entrai dans l'eau jusqu'à la taille et posai les mains sur le bordage.

– Mission réussie, otage libéré, capitaine, dis-je à voix basse.

– Dieu merci, vous êtes saufs, dit le capitaine Pomodoro. Nous avons entendu le coup de fusil. Nous avons eu très peur.

– Nous aussi. Partons vite maintenant…

– Du monde ! fit soudain Amicomio, la voix inquiète.

Il avait repris sa place sur mon épaule. Les oreilles pointées vers la plage, il écoutait intensément :

– Ils sont plus nombreux que tout à l'heure, au moins une dizaine … Et ils viennent de la direction de la ville.

– Embarquez, vite ! ordonna le capitaine Pomodoro.

– Non ! décidai-je, pas moi. Apollonia et Amicomio, sautez à bord ! Capitaine, ramez. Éloignez vous d'ici aussi vite que vous le pouvez. Car bientôt la lune éclairera la mer et vous deviendrez visible depuis la terre. Partez ! Allez, ramez !... Je vous rejoindrai.

Le capitaine était un homme raisonnable qui savait ne pas ergoter dans l'urgence. La barque quitta la rive.

– Tu ne vas pas faire de bêtises ? eut pourtant le temps de demander Amicomio, penché au-dessus du bord.

– Pas plus que toi tout à l'heure ! Allez, va, je te dis !

La crête des collines commençait à s'éclairer. Dans un quart d'heure, tout au plus, la lune serait là. Si les janissaires étaient en nombre, et s'ils arrivaient de la ville, ce n'était plus une patrouille ordinaire, c'était une alerte. Peut-être la disparition d'Apollonia avait-elle été découverte... S'ils apercevaient notre barque, qui n'avait rien à faire dans ce secteur désert à une heure pareille, les garde-côtes l'arrêteraient. Et cela entraînerait à coup sûr une vaste fouille des navires à l'ancre. Et ma Befanita qui se trouvait à bord du *Cavallo Marino* !... On la déclarerait complice de ce qu'ils appelleraient un acte de piraterie ou de brigandage... J'aurais voulu libérer Apollonia et j'aurais seulement réussi à envoyer sa fille la rejoindre en captivité, ainsi que le capitaine et tout son équipage. Belle réussite !

Mais je pouvais encore empêcher cela.

Je suis la sorcière de Venise, Morbleu !

Et ils commençaient à me fatiguer ces gens qui se prétendaient propriétaires de la liberté des autres !... J'allai secouer ces responsables de l'ordre public de telle façon qu'ils n'auraient guère la curiosité de se préoccuper des petites barques qui fuyaient la baie à toute force de rames. Je sortis de l'eau et me campai sur la plage, face aux janissaires qui marchaient vers moi.

Ils ne me voyaient pas encore, mais ils étaient tout près maintenant. Est-ce que cela s'affole facilement, les dromadaires ? Les chevaux, oui, je le sais, pour des riens... Mais j'ignorais les habitudes des camélidés. Eh bien, nous allions vérifier cela au moyen d'une expérience... Je sais aisément provoquer un minusculissime tremblement de terre. Nous allions voir un peu plus grand !

J'étendis les bras vers eux et me concentrai profondément. Ma volonté de réussir était telle, à cet instant, que je ne pouvais échouer. La motivation est souvent la première condition de réussite de la magie. Le sable de la plage se mit à onduler sous nos pieds.

Je dois reconnaître que c'est une sensation très étrange. Les dromadaires s'arrêtèrent, inquiets. De toute la force de mon esprit, je maintins mon effort mental. « Encore et plus fort !... » songeai-je.

Le sol bougea davantage. Des pierres commencèrent à se détacher de la colline dont nous étions descendus un moment plus tôt. Elles roulèrent, tombèrent et se heurtèrent avec fracas. Ce fut le signal de la panique. Certains dromadaires se cabrèrent, jetant leurs cavaliers à terre. Et tous partirent soudain dans un galop épouvanté, les uns retournant vers la ville, les autres s'enfuyant au loin le long de la côte. Je respirai profondément et cessai mon effort. Le sol redevint ferme et stable comme il est d'habitude. Eh bien, oui, la conclusion était là : les dromadaires peuvent s'affoler... Mais je n'avais pas fini. Car maintenant venait le ballet du balai !

Car je l'avais toujours, mon balai de sorcière. Je ne l'avais pas perdu dans le choc avec l'eucalyptus. Et pendant toute notre équipée, je l'avais porté attaché dans mon dos. Il m'avait même un peu gênée dans le souterrain et dans la descente des éboulis, mais, maintenant que j'en avais besoin, il était là, et bien là. Je l'enfourchai et décollai. Une plage est un terrain d'envol idéal. Et, à pleine vitesse, je me mis à la recherche des membres épars de ma patrouille dispersée.

Je les retrouvai ça et là. Attaques en piqué, tonneaux, spirales infernales... Je les harcelai, les bousculai, les terrorisai et les tourmentai de toutes les façons imaginables. De plus, dans la nuit, à la vitesse où j'allais, ils ne pouvaient ni voir ni comprendre ce qui leur tombait ainsi dessus. Les chameaux, au-delà de toute panique, disparurent définitivement au loin. Les cavaliers, même les plus hardis, ceux qui dans un premier temps avaient tenté de comprendre et de réagir, finirent tous par se terrer là où ils le pouvaient, entre deux rochers, la tête dans les mains, priant la Providence de les épargner… La lune se levait. Je repris de l'altitude. Ce coin de côte était à nouveau calme.

Ah, mais !

Je me demandai ce qu'ils allaient bien pouvoir raconter dans leur rapport… Ils parleraient sans doute d'une attaque de djinns volants…

Je virai de bord et me mis alors à la recherche de notre barque. Le capitaine Pomodoro n'avait pas perdu de temps. Il avait réussi à rejoindre un secteur de pêche où d'autres barques croisaient. La sienne, parmi les autres, n'avait désormais plus rien d'insolite. Bravo !… Je réduisis ma vitesse et me préparai à un atterrissage sur l'eau.

Et bien, oui, pourquoi pas ? Quel meilleur moyen de rejoindre rapidement les miens et de permettre ainsi au *Cavallo Marino* de quitter Carthage sans retard ? Je ne l'avais encore jamais fait, mais nous avions tout à l'heure réussi, Amicomio et moi, une arrivée des plus aventureuses dans un eucalyptus. Il y avait peu de vagues. Je ne voyais pas de raison pour que la mer soit une surface plus compliquée à gérer que le sol. Je me retrouverais à l'eau, c'était tout… Je dois maintenant reconnaître que, sans doute grisée par le délire d'acrobaties et de vitesse auquel je venais de me livrer, j'arrivai beaucoup trop vite sur cet amerrissage.

Ventrebleu, que la surface de la mer est dure quand on la touche à plein élan !... Je glissai dessus comme le caillou plat d'un ricochet. Je fis une triple cabriole, heurtai à nouveau la surface, rebondis à nouveau, j'entendis un fort craquement, et enfin tout s'arrêta. J'eus alors la sensation de m'enfoncer lentement sous l'eau. Je coulai, je me sentais couler, et au-dessus de moi, de l'autre côté de la surface, j'apercevais la lune qui brillait... Je repris mes esprits ! C'était dans cette direction, vers la lune, donc vers le haut, qu'il fallait nager ! J'écartai mes bras et mes jambes qui me semblèrent fonctionner comme ils le devaient. Et c'était une bonne nouvelle, car ce n'était donc pas l'un de mes os qui avait si vilainement craqué au moment du choc ... Quelques brasses me ramenèrent à la surface. Je sortis la tête et aspirai une profonde goulée d'air. La barque se trouvait à quelques pieds de moi et, tous, penchés sur le bordage, me tendaient les mains et m'observaient avec une appréhension infinie.

– Qu'est-ce qui a craqué ainsi ? demanda anxieusement Amicomio.

– Le balai, dis-je.

D'une main, je récupérai les deux morceaux qui flottaient près de moi. Peut-être pourrait-on le réparer...

– J'ai cru que c'était toi, dit-il encore.

– Oui, moi aussi, pendant un instant, je l'ai cru.

Tous m'aidèrent à me hisser sur la barque.

– Je crois, ajouta encore Amicomio, que ton maquillage mauresque est définitivement abîmé.

– Je le craignais, dis-je.

Sans bruit, sans précipitation suspecte, nous avons traversé les navires au mouillage et rejoint le *Cavallo Marino*.

– Remontez l'ancre, commanda à voix basse le capitaine à ses marins. Sans un bruit ! Nous partons tout de suite. À la rame en attendant que la brise du matin s'établisse.

Je ne sais pas à quelle sorte d'activité de contrebande se sont livrés dans le passé les marins du capitaine Pomodoro, mais s'il est une chose qu'ils savent faire, c'est manœuvrer un navire à la rame, vite et sans produire aucun remous. Le *Cavallo Marino* glissa hors de son mouillage et s'éloigna vers le large dans un silence parfait.

La lune était haut dans le ciel, maintenant, et il faisait assez clair pour se distinguer l'un l'autre. La première personne qu'Apollonia aperçut à bord fut la Befanita, qui attendait notre retour, assise sur un paquet de cordages.

– Giulietta ! dit Apollonia avec une émotion indicible.

La petite la regardait, ses grands yeux ouverts. Un flot de sentiments, d'intuitions et de sensations oubliées ou mises de côté passaient dans son esprit.

– Maman ! répondit-elle

– Eh bien, elle a tout compris sans qu'on lui explique rien, cette enfant, conclut Amicomio. J'ai toujours dit qu'elle était supérieurement intelligente.

9
Venezia Trionfante

L'année suivante, je reçus au début du printemps la visite de mon vieil ami des pays flamands, Saint-Nicolas, venu prendre quelques jours de vacances à Venise. Il aime la tiédeur de Venise. Et aussi le calme, il attend toujours pour venir que le carnaval soit fini.

Nous étions attablés à la terrasse du café *Venezia Trionfante*, sur la place Saint-Marc. Mon vieil ami apprécie ce genre d'établissements élégants et raffinés. Moi aussi, du reste, je m'y plais beaucoup.

– Ce café est vraiment trop bon, disait-il en mettant du sucre dans sa troisième tasse. Très fort, mais exquis. On en boit trop, on ne dort plus de la nuit, mais, le lendemain, on recommence...

Il revint à l'histoire que je lui racontais.

– Donc, poursuivit-il, cette enfant que vous aviez recueillie a retrouvé sa mère…

– Et son père, ajoutai-je, car, au départ, bien naturellement, il y avait un papa.

– Contez-moi cela.

– Eh bien, Apollonia et Belisario étaient amoureux. Belisario n'osait pas trop en parler à ses parents car il appartenait à une grande famille de Venise, riche, influente, ayant compté au moins deux doges dans son histoire, tandis qu'Apollonia, élevée par sa grand-tante, était sans fortune. Mais ils étaient heureux comme cela, ils avaient seize ans et s'aimaient en secret. Pourtant, Belisario, comme tous les garçons de Venise depuis Marco Polo, rêvait d'un grand voyage en Chine…

– Audacieux projet !…

– Je peux comprendre cela, dis-je. Donc, Belisario promettait que son voyage ne durerait pas plus d'un an et qu'ensuite, ils ne se quitteraient plus jamais. Ce rêve était si puissant, ce désir si intense, qu'Apollonia a cédé. D'accord pour un an. Belisario est parti et tout a commencé à aller mal. D'abord, Apollonia a découvert qu'elle attendait un bébé. Et puis, sa bonne grand-tante, qui était âgée, est morte. Des nièces et des neveux qu'Apollonia n'avait jamais vus ont fait surface. Ils ont réclamé l'héritage et pris possession de la maison. Apollonia s'est logée dans une petite chambre sous les toits en attendant le retour de Belisario. Mais Belisario ne revenait pas. Giulietta est née. Les voisins commençaient à regarder de travers cette fille seule avec un enfant sans père. Et avec cela, Il fallait manger, payer la chambre, nourrir et vêtir Giulietta.

Apollonia, qui avait un don pour se glisser par les lucarnes et les cheminées, s'est introduite chez ses cousins, les héritiers de la grand-tante, et a subtilisé dans leurs tiroirs et leurs commodes ce qu'il lui fallait pour vivre.

– Elle a bien fait, observa mon vieil ami, j'espère qu'elle a pris beaucoup.

– Mais très vite, continuai-je, elle a été découverte, ou dénoncée par ses voisins, je ne sais pas exactement… Et elle s'est retrouvée aux Plombs.

– Où était-il passé, le jeune fiancé ?

– Son voyage a duré plus longtemps que prévu. Son expédition a perdu un premier bateau en Méditerranée, puis un deuxième dans le Golfe Persique, et encore égaré une caravane de chameaux dans une tempête de sable en Tartarie. Mais, vaille que vaille, ils ont parcouru la Chine et atteint le Japon. Belisario est resté absent plus de deux ans. Et à son retour : plus d'Apollonia ! La grand-tante était décédée. Chez elle habitaient désormais les neveux et les nièces qui lui ont dit qu'Apollonia était partie un jour sans prévenir personne, mais que depuis un temps déjà, elle donnait tous les signes de mal tourner, qu'elle faisait la vie, la noce, et n'avait plus ni principes ni moralité.

Et, nous étions de retour de Carthage depuis une semaine à peine, Apollonia était tout à sa joie de retrouver sa fille et sa ville, nous nous promenions sur les quais, quand, soudain, alors que nous passions devant un magasin de curiosités, un homme en sort en courant et appelle : « Apollonia ! » Elle se retourne, et répond : « Belisario ! »

Ils s'étaient enfin retrouvés.

Belisario possède un beau magasin d'articles de Chine et du Japon. Giulietta, Apollonia et Belisario habitent maintenant dans une maison près du port. Et ils trouvent tous trois qu'ils n'ont jamais assez de temps pour s'aimer et rattraper le temps perdu.

– Alors, vous n'avez plus avec vous votre Befanita… Elle doit vous manquer.

– Certes, certes, notre maison est un peu triste sans elle… Mais j'ai toujours su et toujours désiré qu'elle retrouve sa mère. Qu'elle ait en plus retrouvé son père me comble ! Giulietta va avoir une vie tranquille avec des parents, des amies de son âge… Elle porte maintenant un grand nom de Venise... Et tout de même, la vie d'une sorcière, c'est un peu spécial, un peu isolé, très solitaire, très consacré aux études… Et de plus, dangereux ! J'ai eu très peur pour elle, le jour du carnaval, quand nous nous sommes fait pourchasser jusque chez le capitaine Pomodoro. Je suis heureuse qu'elle n'ait plus à courir ces dangers-là.

Je fis signe au garçon et demandai deux bières. Je sais que mon vieil ami les apprécie et, moi, j'adore prendre une bière à une terrasse au soleil.

– Et, savez-vous, continuai-je, je crois que c'est Amicomio qui se console le plus difficilement de son absence.

II.
Marie Charivari

Chapitre 1

Il y avait au royaume des sorcières une petite fille qui s'appelait Marie Charivari. Sa mère était sorcière, sa grand-mère était sorcière, et son arrière grand-mère, Maminette Charivari, était la doyenne des sorcières.

Les jours qui suivirent la naissance de Marie, les amis et les voisins vinrent admirer le bébé :

– Mais, voyez-vous cet amour de petite sorcière ? Goulouloulou !... Les jolis yeux verts ! verts comme de petits pois !... Et, mougnouchoupignou, le tout petit nez que je vois là...

Marie était jolie comme un cœur. Sa mère et sa grand-mère en étaient fières. Et Maminette, son arrière grand-mère, plus fière encore.

Seulement, en grandissant, Marie étonna souvent ses parents : elle aimait les contes de fées, cette étrange enfant. Oui, les contes de fées. Et, non, dans une famille de sorcières, cela ne se fait pas.

Quand des sorcières amies de la famille venaient en visite, elles ne manquaient jamais de s'exclamer :

– Belzébuth, comme elle a grandi ! Veux-tu devenir une grande sorcière, Marie ?

Marie répondait invariablement :

– Je veux devenir fée.

Parfois, les grandes personnes riaient du bout des lèvres, mais, le plus souvent, la réponse de Marie jetait un froid. Seule Maminette, qui gâtait Marie un peu plus que de raison, riait de bon coeur et disait toujours :

– Les fées, petite, ça te passera.

Chapitre 2

À l'école des sorcières, Marie travaillait bien. On avait toujours été première de mère en fille chez les Charivari.

« Tout cela, c'est bien joli, pensait parfois Marie, mais, moi, j'aimerais mieux devenir fée. »

Mais elle n'osait plus le dire tout haut désormais, pour ne pas peiner sa famille.

Chaque jour, Marie se rendait à l'école par le même chemin que sa cousine Prunelle. Prunelle allait à l'école des fées, elle avait des cheveux blonds comme les blés et une robe bleue comme le ciel. Souvent Marie regardait la robe de Prunelle et songeait qu'elle aurait bien aimé, elle aussi, en posséder une comme cela.

Mais, ce qui fascinait encore davantage Marie, c'était le cahier que Prunelle emportait et rapportait

de l'école. Le cahier et la trousse étaient attachés par une sangle que Prunelle portait sur son épaule, et qu'elle faisait parfois tourner autour d'elle quand elle marchait et bavardait.

Son cahier de fée !

Marie avait terriblement envie de découvrir ce qui était écrit dedans. Tout ce qu'elle pouvait voir, comme ça, en marchant sur le chemin, c'était que le cahier était dans un triste état : tout corné, avec des feuilles qui se détachaient. Prunelle n'était pas soigneuse et travaillait quand ça lui chantait, et ça ne lui chantait pas souvent.

Un jour, au retour de l'école, Prunelle voulut s'arrêter pour faire un bouquet. Elle posa ses affaires au pied d'un arbre et s'éloigna. Marie s'assit près du cahier, hésita un moment et, soudain, n'y tint plus.

Elle murmura :

Campanule et Crépuscule, cahier, recule !
Deviens petit, tout petit, minuscule,
Et dans ma poche, bascule !

Le cahier devint petit comme une balle de ping-pong, rebondit deux ou trois fois et vint se nicher dans la poche de Marie.

Quand Prunelle revint avec ses fleurs, elle s'étonna :

– Où est mon cahier ?

– Je ne sais pas, répondit Marie qui faisait semblant de lire son livre de sorts.

Son cœur battait très fort. Ce n'est pas joli de voler le cahier d'autrui, mais la tentation était trop forte.

Prunelle fit le tour de l'arbre, chercha inutilement sous un ou deux buissons, puis conclut :

– Le vent l'a sans doute emporté. Tant pis, rentrons goûter… Maman m'en achètera un autre. De toute façon, la maîtresse a dit qu'il était pis qu'un torchon.

Chapitre 3

Marie rentra tout droit à sa chambre, ferma la porte derrière elle, posa le cahier sur sa table et l'ouvrit avec précaution, comme si elle manipulait un précieux trésor. Pourtant c'était vrai qu'il était pis qu'un torchon. Certaines pages ne tenaient plus. Des leçons n'étaient copiées qu'à moitié. Il y avait des ratures, des fautes d'orthographe et même des dessins dans les marges.

Toutefois, Marie trouva un chapitre qui lui plut aussitôt :

Comment transformer un crapaud en prince charmant.

Prenez un prince changé en crapaud par l'effet d'un sort.

Placez-le dans le creux de la main.
Prononcez ce charme :

« Doux prince, crapaud d'amour,
Deviens garçon beau comme le jour
Et aime-moi avec adoration. »

Donnez-lui un baiser. Il redeviendra prince et aimera pour toujours la personne qui l'aura délivré.

Marie fut enchantée à l'idée d'être aimée par un prince. Les mots « pour toujours » la charmaient particulièrement. On adore les histoires d'amour chez les sorcières.

Mais, encore fallait-il trouver un prince, beau bien entendu, et ensorcelé. Et cela, même au royaume des sorcières, on n'en trouve pas dans toutes les mares.

Tout compte fait, pensa Marie, le plus simple et le plus rapide, était de transformer elle-même un prince en crapaud.

Mais comment s'y prenait-on ? Car métamorphoser un prince est un sort compliqué qu'on ne confie pas aux apprenties-sorcières… Maminette laissait toujours son laboratoire ouvert. Marie s'y glissa et, en cherchant dans les grimoires, elle trouva les indications dont elle avait besoin.

Chapitre 4

Marie était maintenant prête pour son grand sort. Elle choisit, pour devenir son amoureux, le prince le plus beau et le plus vaillant qu'elle ait jamais aperçu : Galaor-le-Magnifique.

Le lendemain, qui était un mercredi, elle se rendit dans son royaume. Galaor, revêtu d'une armure étincelante, s'entraînait au combat avec ses compagnons chevaliers. Ils s'élançaient à cheval l'un contre l'autre, se heurtaient avec le bruit de mille casseroles qui s'entrechoquent, puis continuaient le combat à pied en agitant de grandes épées.

Les chevaux, les trompettes, les oriflammes de toutes les couleurs volant au vent, tout cela faisait un spectacle superbe et Marie s'assit un moment pour le contempler. Mais, soudain, elle observa que Galaor quittait ses compagnons. Elle le suivit du regard. Galaor vint s'arrêter sur le bord de la lice, à l'écart de tout le monde, et s'assit sur un banc. Il se pencha afin d'ôter un petit caillou qui s'était glissé dans le talon de son armure.

Le moment était parfait ! Marie, rapide comme une flèche, se faufila entre les buissons et parvint juste derrière lui. À mi-voix, elle ordonna :

Rana, Gamatunta,
Gamabatsu, tulatuvu, tulatupavu ?
Rainette, grenouille, dendrobate et batracien,
Galaor, un crapaud tu deviens !

Et pof ! Il y eut un petit nuage, et Galaor se transforma en un petit crapaud vert comme le gazon et immensément surpris.

Et ploc ! Marie l'attrapa dans un bocal qu'elle avait apporté avec elle et s'enfuit à toutes jambes.

Chapitre 5

Marie s'arrêta dans une clairière tranquille. Elle sortit Galaor de son bocal, le déposa au creux de ses mains, le cajola, prononça les douces paroles d'amour du sortilège, l'embrassa… Et rien.

Non. Rien ne se passa. Galaor resta crapaud.

Marie recommença une fois, deux fois, dix fois… Rien à faire. Galaor demeurait crapaud. Le sort ne marchait pas. Prunelle avait sûrement copié quelque chose de travers…

Marie commençait à prendre peur. Que faire ? Jeter Galaor dans une mare et n'en parler à personne ? Non, on ne pouvait pas faire cela… Le mieux était d'aller demander de l'aide à Maminette. Une sorcière aussi savante saurait réparer cette bêtise. Et Maminette ne grondait presque jamais Marie.

Maminette était chez elle, elle regardait les prévisions météorologiques à la télévision. Il va de soi qu'elle savait parfaitement prévoir elle-même le temps qu'il allait faire, mais cette télévision était si commode…

Elle ouvrit des yeux ronds en découvrant ce que contenait le bocal que lui apportait Marie.

– Tu as transformé Galaor-le-Magnifique en crapaud ? En voilà une idée !

– Maminette, je t'en prie, il faut que tu m'aides. Je n'arrive pas à en refaire un prince.

– Mais, c'est un travail de fée, cela. Je n'y connais rien, moi.

– Essaie quand même, je t'en prie, Maminette !… Nous n'allons pas le laisser comme ça.

Maminette réfléchit quelques instants :

– Je pourrais demander son avis à ma vieille copine, la fée Viviane…

– Oh oui, Maminette ! faisons cela.

– Bon !… Trouve-moi mes lunettes et mon carnet de téléphone.

– Mais, Maminette, je croyais que les fées et les sorcières communiquaient au moyen de miroirs magiques…

– Écoute, petite, si tu veux que je t'aide, tu ne vas pas commencer à m'ennuyer. La tradition, cela a du bon ; les miroirs, je dominais déjà la technique alors que ta grand-mère était encore au berceau ; mais, à mon âge, ça me fiche la migraine. Et à Viviane, ça lui colle des insomnies. Alors, tu m'apportes le téléphone et mon carnet.

Chapitre 6

La fée Viviane s'amusa bien de cette histoire.

– Tu voulais que Galaor-le-Magnifique devienne amoureux de toi ? demanda-t-elle.

Maminette rougit jusqu'aux oreilles.

– Mais, pas du tout ! Pas du tout ! Ce n'est pas moi. C'est Marie.

– Les arrière-grands-mères disent toujours cela. Voyons, Maminette, à notre âge, ce sont des choses qui ne se font plus... Bon, prends un crayon, je vais vous dicter le bon sortilège. Parce que, avec la salade que vous lui récitez depuis tout à l'heure, vous pouvez l'embrasser pendant deux mille quarante ans, il restera dans son bocal, pensez à lui mettre une petite échelle... Et moi, il faudra que je me souvienne de dire deux mots à Prunelle... Bon, tu notes ?

– Oui !... C'est indispensable, les sarcasmes ?

– Ah, oui… C'est la condition pour que je vous tire d'affaire. Allez, écris :

« Gentil têtard, crapaud d'amour,
Doux prince, fruit de ma passion,
Devenez garçon beau comme le jour,
Et aimez-moi d'une folle adoration. »

Pour le reste, la marche à suivre est la même. Voilà !… Ensuite, si tu épouses Galaor-le-Magnifique, n'oublie pas de m'inviter à la fête. Pourtant, j'aime mieux te prévenir, on dit qu'il a un caractère de cochon et qu'il est très malpoli.

Marie et Maminette prirent le crapaud, prononcèrent les paroles magiques, firent un bisou, et pofpof ! badabablang ! nuage de fumée et bruit de casseroles, Galaor-le-Magnifique, un peu étourdi, assis par terre dans son armure, retrouva sa forme de prince.

– Tu crois qu'il va tomber amoureux de nous ? chuchota Marie à l'oreille de Maminette.

– Je n'en sais ma foi rien, répondit Maminette.

Elle demanda, plus haut :

– Prince, comment vous sentez-vous ?

Le prince reprenait ses esprits.

– C'est vous les deux affreuses qui m'avez joué ce tour ? Par mille bouses de dragon, il vous en cuira ! Toi, la mémé, je vais te couper en deux dans le sens de la hauteur ! Et toi, la petite mocheté, je vais te trancher en rondelles !

– Il est en effet fort malpoli, constata Maminette. Et pour le fol amour, nous avons sans doute commis une erreur quelque part. Et maintenant, ma petite Marie, sauvons-nous vite car je crois que ce malotru oserait faire ce qu'il dit.

Et, relevant leurs jupons pour mieux courir, Marie et Maminette s'enfuirent dans la forêt. Galaor, l'épée à la main, les poursuivait. Heureusement, chargé du poids de son armure, il n'allait pas très vite. Quand elles eurent pris un peu d'avance et qu'un tournant du chemin les cacha de la vue de Galaor, Maminette s'arrêta. Elle saisit la main de Marie et prononça :

Cailloux, silex et mégalithes,
En pierres changeons-nous vite !

Elles prirent la forme de deux rochers, dressés le long du sentier.

Chapitre 7

Galaor, soufflant et transpirant, mais parfaitement menaçant, arriva quelques instants plus tard au tournant du chemin. Il aperçut les deux grandes pierres, qui éveillèrent ses soupçons. Il s'arrêta et tendit l'oreille. Le silence régnait dans la forêt. Pas un craquement de brindille. Pas un bruit évoquant quelqu'un qui court… Il se tourna vers les rochers :

– Aha ! Malfaisantes coquines… Vous vous croyez malignes parce que vous vous êtes changées en pierres ? Mais je vais vous attendre, mes vilaines ! Et quand vous reprendrez votre laide forme normale, je débarrasserai pour toujours le voisinage de mon royaume de votre pernicieuse présence.

– Tu peux attendre longtemps, répondit Maminette, il n'y a pas plus patient que les pierres.

– En effet, renchérit Marie, nous avons quelques millions d'années devant nous.

Mais Galaor ne profita pas de ces remarques. Les humains n'entendent pas toujours le langage des pierres.

Il s'assit au pied d'un arbre, face aux rochers, l'épée prête et l'œil féroce. Mais le jour commençait à baisser et sa course en armure l'avait fatigué. Un moment passa et Galaor ne put retenir deux ou trois bâillements. Sa tête se mit à se balancer, d'abord doucement, puis carrément franchement. Quelques minutes encore et il tomba endormi, étendu dans les fougères.

Marie et Maminette sortirent doucement de leur forme de pierre et s'approchèrent sans bruit.

Maminette murmura à l'oreille du dormeur :

Fais dodo, Galaor, ma petite chose,
Fais dodo, éveille-toi frais comme une rose.

– C'est le sortilège de Grododo, expliqua-t-elle bas à Marie, il va dormir comme un ange et, demain matin, il s'éveillera d'humeur charmante, ayant tout oublié. Maintenant, rentrons, petite, il est tard.

Elles s'éloignèrent sur la pointe des pieds.

Chapitre 8

Elles marchèrent un moment en silence, puis, soudain, Maminette commença :

– Je suis très mécontente, Marie ! Voler un cahier de magie, pratiquer la magie des fées sans rien y connaître, tout cela est fort mal…

Le cœur de Marie se serra. Les réprimandes arrivaient.

– Ce prince a des manières déplorables, mais il avait raison d'être en colère… Et… Et…

Marie, qui attendait en silence la suite des reproches, eut la surprise de voir son aïeule éclater de rire.

– Et il y avait longtemps que je ne m'étais pas autant amusée… Depuis le jour où ma grande sœur a transformé en mille-pattes le prince Percelard-le-Splendide et toute sa suite. Notre maman les a délivrés du sort, mais ils étaient furieux…

Maminette était toute secouée de rire. Le fou rire gagna Marie :

– Que s'est-il passé ensuite ?

– Ils ont voulu mettre le feu à notre maison, mais maman a fait tomber sur eux la plus énorme averse qu'on puisse imaginer. Cela a éteint leurs torches et ils ont attrapé des rhumes. C'était presque aussi drôle que ton Galaor en train de courir dans la forêt en insultant tout ce qu'il rencontrait…

Elles durent s'asseoir sur la mousse pour rire à leur aise. Elles poussaient de petits gloussements, riaient aux larmes, croyaient se calmer et sortaient leurs mouchoirs pour s'essuyer les yeux, mais leurs regards se croisaient et elles repartaient de plus belle… Enfin, leur fou rire s'apaisa. La nuit était tout à fait venue, maintenant. Il fallait se hâter de regagner la maison avant que maman et grand-mère Charivari ne s'inquiètent.

Elles prirent pour rentrer l'air sage de deux sorcières consciencieuses qui ont cherché des herbes rares jusqu'à la nuit.

Chapitre 9

Marie a grandi. Elle est maintenant plus grande que maman Charivari. Elle fait parfois, devant des assemblées de sorcières, d'intéressants discours sur les plantes qui soignent la grippe et la varicelle, ou certains bains d'eau de pluie qui chassent les mauvais rêves.

Certaines sorcières plus âgées admirent :

– Qui est cette jeunette si savante ?

– Mais, c'est la plus jeune des Charivari, voyons.

Pourtant, les soirs de demi-lune, Marie sent revenir, intact, son désir d'être une fée. Alors, elle se fait une robe bleue comme le ciel de la nuit, et, comme c'est toujours la fée Prunelle qui lui conseille ses sorts et que Prunelle est toujours aussi brouillonne, les charmes de Marie ont de drôles d'effets.

Qui a rechangé le carrosse de Cendrillon en citrouille à minuit et cinq minutes ? Cendrillon et son prince sont partis faire le tour du monde en scooter sans dire au revoir à personne.

Qui a revu la coiffure de Riquet à la houppe à la dernière mode ?

Qui a fait croître le haricot magique tellement de travers qu'il n'a jamais pu atteindre la demeure du géant ?

Quand le jour se lève, Marie fait disparaître sa robe de fée et prend pour rentrer chez elle l'air sage d'une sorcière consciencieuse qui a observé les étoiles jusqu'à l'aube.

Jusqu'à la prochaine demi-lune.

III.
Claire, Princesse Grenouille

Chapitre 1

Il y avait une fois une princesse grenouille qui était du plus joli vert jade qu'on puisse imaginer. Elle s'appelait Claire, et elle vivait heureuse avec son papa et sa maman sur le plus grand nénuphar du Joli-Étang.

Un jour, le roi son père lui dit :

– Mon enfant, le devoir d'une princesse grenouille est d'épouser un prince grenouille. J'ai décidé d'inviter le prince Hugo sur notre nénuphar pour les vacances de printemps. Soyez aimable avec lui. Songez qu'il sera un jour le roi du Charmant-Étang et que, quand vous serez grande, vous serez peut-être son épouse.

Claire fit une grimace. Un garçon ? Belle idée ! Il serait certainement bête comme ses pattes… Jolies vacances en perspective !…

Claire avait un caractère plutôt agréable, mais

ces histoires de mariage avaient le don de la mettre de mauvaise humeur.

Le roi grenouille, tout occupé de son discours, ne remarqua pas l'air renfrogné de sa fille. Mais la reine, à qui rien n'échappait, soupira et se dit qu'on allait vers des ennuis.

Claire aimait avec passion les livres d'aventures. Elle avait la tête pleine de bateaux pirates, de chevaux au galop dans la nuit et de combats d'épée. Hugo était aimable et poli, il avait un joli teint vert émeraude.

Quand Hugo arriva sur le grand nénuphar, Claire ne manqua pas une occasion de se montrer désagréable avec lui. Elle devenait subitement sourde quand il disait quelque chose. Elle passait devant lui comme s'il n'existait pas. Ou encore, elle arrêtait net son bavardage quand elle le voyait approcher.

Le roi et la reine grenouille étaient consternés. Que se passerait-il si le prince Hugo, de retour chez lui, se plaignait à ses parents ? Ils pourraient se vexer. On avait déjà vu des fâcheries entre étangs pour moins que cela.

Ils firent venir leur fille et lui ordonnèrent avec de grosses voix et de gros yeux de se montrer désormais polie envers leur invité. Ce fut encore pis. Claire disait dix fois par jour : « Bonjour Hugo… merci… pardon… comme vous avez raison… » mais, tout cela accompagné d'airs moqueurs et de révérences effrontées qui étaient des insolences supplémentaires.

Il ne restait plus que deux jours de vacances. Pour faire oublier les impertinences de leur fille, le roi et la reine grenouille redoublaient d'amabilité. Claire, de son côté, s'applaudissait : après avoir si bien boudé le prince Hugo, il ne serait certainement plus jamais question de projets de mariage.

Un jour, après le déjeuner, Claire s'en alla jouer au bord de l'étang. Hugo l'accompagna.

– Pot de colle… chantonnait-elle, pot de colle, j'ai un gros pot de colle….

Hugo, qui marchait en silence, dit enfin :

– Je m'en vais demain.

– Et j'en suis bien contente… chanta-t-elle encore.

– Moi aussi, je suis content. Tu as gâché mes vacances !

Claire, surprise, cessa de chanter. Tiens, il savait donc se mettre en colère, le patapouf si bien élevé ?

– Je ne t'ai pas demandé de venir, fit-elle observer.

– Moi non plus, je n'ai pas demandé à venir, mais nos parents le voulaient. Et, si tu avais été gentille, on aurait pu s'amuser quand même.

Claire, en toute honnêteté, reconnut en elle-même qu'il avait raison, mais elle était soudain bien trop en colère pour l'admettre.

– Je ne veux pas me marier ! hurla-t-elle. Je veux voir le monde et vivre des aventures !

– Je ne le veux pas non plus ! hurla-t-il de son côté. Mais c'est dans très longtemps, ça ne sera peut-être jamais, alors à quoi ça sert de se disputer ?

Chapitre 2

Et voilà que leurs cris éveillèrent la pie Miranda qui faisait la sieste dans son nid. La pie Miranda était une fée de grand savoir. Elle était bonne personne, mais elle était âgée, elle avait un mauvais sommeil, et elle détestait qu'on la dérange quand elle se reposait. Elle s'écria :

Polissons têtards braillards,
Par ma queue blanche et noire,
Devenez moutards !

Et pof ! Hugo et Claire devinrent garçon et fille.

Leur surprise fut si grande qu'ils cessèrent de se chamailler.

Ils regardèrent un moment en silence leurs longues jambes et leurs grands bras. Puis Hugo

s'écria :

– Quelle horreur ! Que dira maman, la reine du Charmant-Étang, quand elle me verra sous cette forme affreuse ?

– Quelle chance ! dit Claire. Arrête de te lamenter, Hugo. Profitons plutôt de nos grandes jambes. Tu n'as jamais eu envie de savoir ce qu'il y a, au-delà de la forêt ?

Non. Hugo n'y avait jamais pensé. Mais Claire s'éloigna en gambadant. Elle fit deux cabrioles et lança comme un défi :

– Alors, tu viens avec moi ou tu as peur ?

Peur ? lui ? le prince Hugo ? Ça alors, c'était la meilleure ! Il allait lui montrer à la fille !...

Hugo passa le premier et partit à grands pas sur le sentier de la forêt.

Ils arrivèrent à une clairière. Dans cette clairière se dressait une maison-gâteau. Les murs étaient en biscuits, les volets en chocolat et les pots de géranium en bonbons.

Une maison-gâteau, tout le monde le sait, sauf peut-être par malchance Hugo et Claire, est un piège tendu par une sorcière aux enfants perdus. Ils s'approchent, la sorcière leur offre toutes sortes de friandises et, avec des paroles mielleuses, les invite à entrer. Mais, sitôt la porte franchie, ploc ! elle les enferme dans son garde-manger.

Cette maison-gâteau-ci appartenait à la sorcière Mandibule. Il y avait plusieurs centaines d'années qu'aucun enfant ne s'était laissé prendre et Mandibule se préparait ordinairement des repas composés de potages aux champignons et de compotes de fruits des bois. C'était un régime très bon pour la santé. Mais la tradition était là. Le métier de Mandibule, depuis toujours, consistait à capturer des enfants égarés. Et la tradition n'est pas quelque chose qu'on traite à la légère chez les sorcières de la forêt.

Mandibule se frotta les mains en entendant Claire et Hugo croquer un morceau de volet pour leur quatre-heures. Ah ! ah ! le piège fonctionnait toujours...

– Bonjour, mes beaux enfants ! dit-elle en ouvrant sa porte. Mangez, mangez, j'aime voir les enfants engraisser... Je voulais dire : j'aime voir les enfants se régaler ! Mais, j'y pense, si vous entriez ? J'ai des palets aux amandes qui sortent du four...

Claire et Hugo n'avaient plus faim. Ils refusèrent poliment. Mais la vieille maligne avait plus d'un tour dans son sac :

– Entrez, j'ai aussi une grande bibliothèque pleine de livres d'aventure.

– Des livres d'aventure ? répéta Claire. Viens, Hugo, allons voir les livres !

Elle prit Hugo par la main et pénétra dans la maison.

Et plof ! Mandibule les poussa dans le garde-manger.

Et cric, et crac ! elle en ferma la porte à clef.

– Aha ! ricana Mandibule, quelles belles prises… Mais, c'est que nous sommes des morceaux de choix !

Elle passa la main à travers les barreaux de la cage et tâta le mollet de Claire.

– Voyons… Toi, la fille, je vais te préparer en papillotes.

Puis elle pinça Hugo à la cuisse.

– Et toi, le garçon, je vais te mijoter avec une sauce… une sauce… voyons… une sauce Béchamel !

Et elle passa un tablier et s'en fut décrocher ses casseroles.

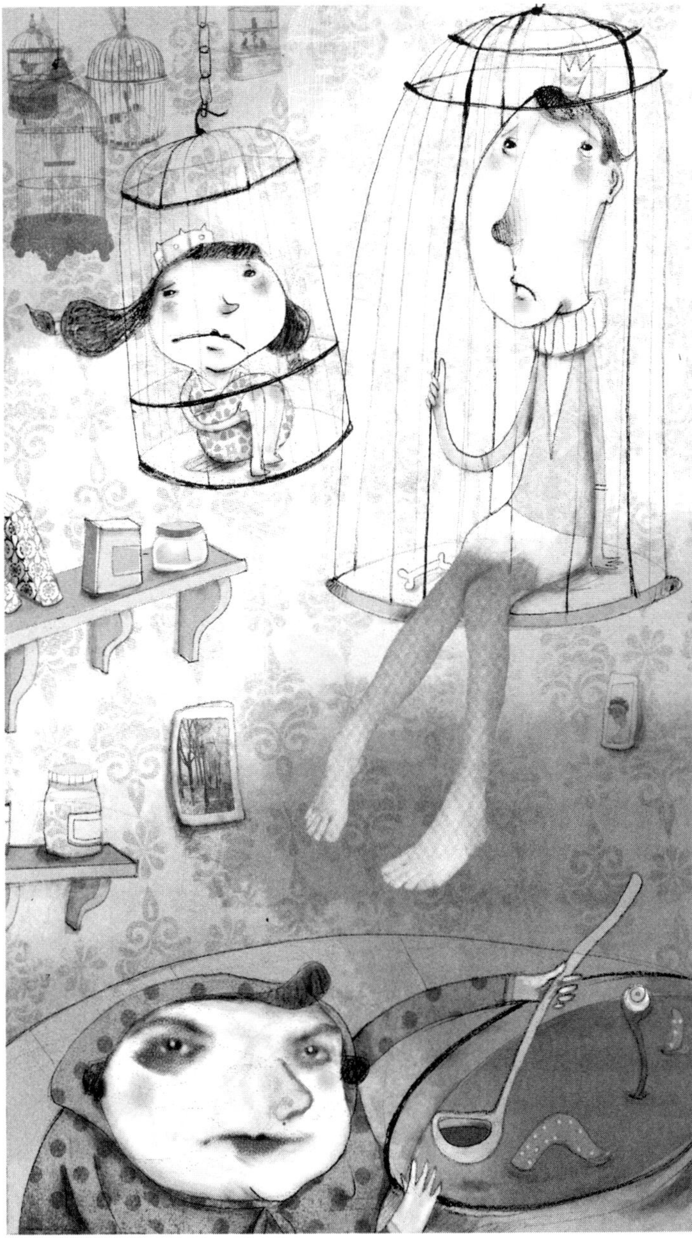

Chapitre 3

Pendant ce temps, le calme étant revenu sous son nid, la fée Miranda avait chaussé ses lunettes et ouvert ses grimoires. Depuis des années et des années, elle traduisait en langage corneille les anciens recueils de l'antique magie de la forêt. Elle travaillait avec tant d'attention qu'elle ne vit pas le temps passer. Quand elle leva les yeux, le soleil se couchait sur l'horizon de la forêt.

– Mon Dieu, se dit-elle, il est déjà si tard ? Et les enfants ?... Où sont les enfants ?... Il est temps de leur rendre leur forme de grenouille. Il faut qu'ils rentrent chez eux.

Elle se pencha au-dessus du rebord du nid et appela :

– Ouh ! ouh ! les enfants... Où êtes-vous ?

Personne ne répondit.

– Claire ! Hugo ! revenez. Je ne suis plus

fâchée.

Silence.

– Ah, les garnements ! se dit-elle, ils se sont cachés… C'est pour me faire peur, et me faire regretter de les avoir changés en humains…

Elle appela encore :

– Les enfants ! Sortez de vos cachettes ! La plaisanterie n'est plus drôle du tout…

Mais rien ne bougea. Et l'ombre commençait à recouvrir la forêt. Soudain, elle s'inquiéta vraiment. Où donc étaient-ils passés ?

Mais voilà que son ami l'écureuil sauta d'une branche.

– Bonsoir Miranda, ma vieille ! Sais-tu cette nouvelle ? Mandibule a attrapé tout à l'heure deux enfants avec sa maison-piège.

Le sang de la fée Miranda se glaça.

– Deux enfants comment ?

– Un garçon et une fille, m'a-t-il semblé.

Miranda déploya ses ailes et s'envola le plus vite qu'elle le put vers le repaire de la sorcière.

Chapitre 4

Miranda se posa sur le bord de la fenêtre, appuya sa tête à la vitre et regarda à l'intérieur de la maison. Les enfants étaient enfermés dans une cage suspendue au plafond. Dans le fond de la pièce, Mandibule, une toque sur la tête et une cuiller en bois à la main, était penchée sur ses casseroles.

Comment faire pour sortir Claire et Hugo de là ? songea Miranda. Il fallait trouver une solution, vite et sans perdre son sang-froid. Il fallait leur rendre leurs formes de grenouilles afin qu'ils puissent se glisser entre les barreaux de la cage… Mais la fenêtre était fermée et les sortilèges ne passent pas à travers les vitres. Et la vitre était trop solide pour la casser à coups de bec…

Dans la cage, Claire se retenait pour ne pas pleurer.

– Tu sais… dit-elle à Hugo d'une pauvre petite voix, tout à l'heure, quand j'ai dit que tu avais peur, je ne le pensais pas vraiment.

– Quoi… ? répondit Hugo.

Il ne l'écoutait pas. Il regardait intensément la fenêtre. Claire suivit son regard. De l'autre côté de la vitre, la fée Miranda leur faisait signe.

Miranda gesticulait et montrait quelque chose. Mais, quoi ?…

– Ca y est, je sais, chuchota soudain Hugo, l'espagnolette ! Elle veut qu'on ouvre la fenêtre.

Puis, après un instant de silence, il ajouta :

– J'ai une idée.

D'un geste décidé, il fit pencher la cage à droite, puis à gauche, afin de lui donner un mouvement de balançoire. Claire comprit. Et, à eux deux, s'arc-boutant et se démenant, ils firent balancer la cage de plus en plus fort et de plus en plus haut. Elle atteignit la hauteur de la fenêtre… Elle touchait presque la fenêtre…

– La paix, les gamins ! grogna Mandibule sans lever les yeux. Cessez ce tapage, vous me dérangez ! Vous aller me faire rater ma sauce. À cause de vous, je vais faire des grumeaux…

Clang, badada-gling-gling !

La grosse cage de fer avait fait exploser les vitres.

Mandibule leva un regard stupéfait au-dessus de sa sauce blanche glougloutante. Elle vit alors la pie Miranda, perchée sur l'appui de la fenêtre en miettes, qui jacassait avec force :

Ô petits d'hommes,
Le jeu est fini !
Petites grenouilles,
Lanturlu, lanturlé,
Vous êtes et vous restez !

Et pif ! et pof ! Deux petites grenouilles vertes s'échappèrent de la cage, sautèrent sur le bord de la fenêtre et disparurent dans la nuit.

Mandibule, reprenant ses esprits, lança un sort pour les faire revenir :

Caramazarboudububluc !

Mais c'était trop tard. Ils étaient déjà loin.

Chapitre 5

Claire et Hugo montèrent sur le dos de Miranda pour rentrer au plus vite à la maison.

– Toi qui voulais des aventures… dit Hugo à Claire.

– Tu es plutôt bon pour les aventures, observa Claire.

Le roi, la reine, leurs gardes et toutes les grenouilles du Joli-Étang, éperdus d'inquiétude, dispersés dans les hautes herbes, agitaient des lanternes et appelaient les enfants. On fut immensément soulagé de les retrouver. On les gronda même à peine pour être partis si loin.

De retour au grand nénuphar, Claire se pencha à l'oreille du roi.

– Sire mon père, j'ai eu une idée.

– Dites-la, mon enfant.

– Mon petit papa chéri, ne voudriez-vous pas

inviter à nouveau Hugo pour les grandes vacances ?

Quelques jours plus tard, Miranda, ses amis les pies et les écureuils, récoltèrent tout ce qu'ils purent de fougères et de fleurs des bois. Ils prirent soin de prélever les plantes avec leurs racines. Puis ils les déposèrent sur la maison de Mandibule. Les liserons, les narcisses et les anémones s'acclimatèrent à merveille. La maison de la sorcière ressembla bientôt à un gros buisson de fleurs.

Mandibule, en voyant sa maison si fleurie, si paisible et pacifique, comprit soudain qu'elle en avait par-dessus la tête de ce métier de sorcière-chasseuse d'enfants. Vivre dans toutes ces sucreries lui soulevait le cœur, et l'idée de guetter encore des enfants perdus, comme une araignée au milieu de sa toile, la décourageait au plus haut point.

Avec un marteau et un racloir, elle ôta les biscuits des murs, elle ne supportait plus cette odeur de vanille. Elle décrocha les volets en chocolat, et les fit remplacer par des volets en bois, beaucoup plus solides et jolis, qu'elle peignit en bleu ciel. Elle chargea sur une brouette les pots de géranium-bonbons qui devenaient tout poisseux chaque fois qu'il pleuvait, et les porta à la décharge.

Elle voulait changer de vie.

Elle transforma sa maison en magasin :

Chez Mandibule
Produits naturels et biologiques de la forêt.

Elle eut beaucoup de succès. Les clients se bousculèrent. Son chat noir tint la caisse avec un grand savoir-faire. Elle ouvrit une quantité de boutiques *Mandibule-Bio* un peu partout dans le monde et devint très riche.

Comment finit l'histoire ?

Pour être précis : Claire et Hugo se marieront-ils quand ils seront grands ?

Eh bien, on ne sait pas. Peut-être oui. Peut-être non. Comme le disait justement Hugo, c'est dans longtemps. On a bien le temps d'y penser. C'est même une autre histoire.

Pour aller + loin

Anne-Sophie Silvestre te fait découvrir Venise
dans un dossier illustré !

Illustrations : Flavia Sorrentino

Carte : Elodie Lhomme

Suisse
Venise
Fr.
Italie
Mer Adriatique
Otrante
Carthage
Tunisie

Avant tout : où est Venise ?

En Italie du nord, tout au fond de la mer Adriatique, qui est une partie de la mer Méditerranée.

Pendant une longue période de l'histoire, la mer Adriatique a été désignée comme « le Golfe de Venise ».

Un habitant de la lagune de Venise : « le Cavalier d'Italie »

Qu'est-ce que la lagune de Venise ?

La lagune de Venise est une étendue d'eau, partiellement séparée de la mer Adriatique par un ruban de fines îles de sable.

La superficie de la lagune est d'environ 550 km^2, dont 8 % sont occupés par la terre (Venise même et les nombreuses petites îles).

L'eau de la lagune est un mélange d'eau douce des fleuves s'écoulant de la terre, et d'eau salée de la mer qui remonte à l'heure des marées. La salinité varie donc suivant les zones et l'heure de la journée.

La lagune est un écosystème très riche, très particulier, aux équilibres très délicats. Elle forme une mosaïque d'habitats pour les algues, les crustacés, les mollusques et les poissons. Elle est une fantastique zone d'accueil pour une très grande variété d'oiseaux, certains migrateurs, et d'autres qui ne vivent que dans ces milieux.

La Salute

Sur quoi la ville de Venise est-elle construite ?

Sur un archipel de petites îles et de bancs de sables, séparés par des canaux, et reliés entre eux par de multiples ponts.

Chaque maison, chaque palais, chaque monument repose sur de gros pilotis de bois, longs de 2 à 4 mètres, enfoncés dans les couches argileuses solides du sous-sol.

Le nombre de pilotis nécessaires pour soutenir un bâtiment peut être énorme. Il en fallut 1.106.657 pour construire l'église de la Salute.

Venise au temps de sa splendeur

Au XIVe, XVe et XVIe siècles, Venise devient le plus riche port marchand d'Europe. Elle est le point de passage presque obligé pour toutes les communications entre l'Europe de l'ouest et du nord avec l'Orient. Le niveau de vie y est considérablement plus élevé que dans d'autres villes comme Paris, Londres ou Madrid. Les monuments et les églises s'élèvent partout. Le long du Grand canal, on assiste à une véritable floraison de palais.

La mode et le bon goût se décident à Venise.

Tout ce qu'il y a de beau en matière de construction, de peinture, de musique et de mode est imaginé à Venise, où viennent s'installer les écrivains, les philosophes et les artistes.

Le Carnaval de Venise, il Carnevale di Venezia...

Le carnaval de Venise est une fête traditionnelle remontant au Moyen Âge. Il se déroule tous les ans à la fin du mois de février ou au début du mois de mars, au cours de la période de douze jours précédant le Mardi Gras.

Le costume classique est composé d'une cape, d'un tricorne et d'un masque, mais toutes les variations, tous les enrichissements, toutes les ressources de l'imagination sont les bienvenus.

Traditionnellement, le masque et le déguisement faisaient du carnaval une période d'égalité. Grâce à eux, tous les Vénitiens, quelle que soit leur condition sociale, pouvaient participer à la fête.

Venise menacée par les eaux ?

Depuis l'Antiquité, la ville de Venise subit l'Acqua alta, c'est-à-dire les « hautes eaux » qui, en automne et au printemps inondent les rues et le rez-de-chaussée des maisons.

Les causes en sont : la pluie, l'eau douce amenée par les fleuves, la marée de l'Adriatique et la Bora, ce vent de sud-est qui pousse les eaux dans la baie de Venise.

Ce phénomène a toujours existé, mais s'est amplifié ces dernières décennies sous l'influence de plusieurs causes :

– La montée générale du niveau des mers, due au réchauffement climatique.

– L'affaissement du sol : d'importants puits ont été creusés au XXe siècle pour pomper l'eau dans la nappe phréatique, ce qui a fragilisé les terrains déjà instables.

– La modernisation du port, qui a entraîné le creusement de canaux profonds pour permettre le passage de gros navires. La mer s'engouffre ainsi en plus grande quantité dans la lagune.

Le Projet MOSE

Pour tenter de protéger Venise, le projet MOSE est en cours.

MOSE, qui est le raccourci de : MOdulo Sperimentale Elettromeccanico (en français : Module expérimental électromécanique.)

D'autre part, en italien, le prénom Mosè est l'équivalent de « Moïse », dont la signification est « sauvé des eaux ».

Le projet MOSE consiste à poser dans les trois passes de la lagune des barrages mobiles, qui seront chargés d'isoler la lagune de la mer durant le passage des plus forts pics de marée.

Et pour finir, un petit lexique des mots ou des noms italiens cités dans « La Sorcière de Venise »

Amicomio : mon ami, ou mon copain.

Santa Maria dei Miracoli : Sainte Marie des Miracles.

Pomodoro : tomate.

Cavallo marino : le cheval marin, ou l'hippocampe.

Venezia Trionfante… À Venise triomphante…

Anne-Sophie Silvestre

Auteur

Anne Sophie Silvestre aime Venise, la lagune et l'île de San Giorgio Maggiore. Elle aime aussi les Rois Mages et la nymphe Calypso. Et puis encore la magie, les étoiles, les aventures maritimes et les lapins.
Tout cela réuni a donné « La Sorcière de Venise ».

Du même auteur

- *Ma vie de Sorcière*, Bayard
- *La Fantastique équipée de Tom Morgan*, Éveil & Découvertes
- La série *Atalante*, Flammarion
- La trilogie *Marie-Antoinette*, Flammarion
- *Joséphine de Lavalette*, Casterman

Flavia Sorrentino

Illustratrice

Flavia Sorrentino est née à Rome, en Italie, où elle habite et travaille.
Elle commence à illustrer très tôt à l'école maternelle, en dessinant sur sa peau, comme si c'était du papier, des colliers Masaï très colorés. Ainsi elle obtient une première reconnaissance par ses maîtres et ... les premiers reproches .
Ses planches ont été exposées dans de nombreuses expositions collectives en Italie, à Paris, à Téhéran et à Séoul au Cj Book Festival Picture en 2009.
Elle a publié en Italie aux Editions "Coccole e Caccole" son premier livre "La Bella quasi Addormentata" ("La Belle presque endormie") dont elle est aussi l'auteur.
Elle a collaboré avec la Corée, maintenant elle travaille beaucoup avec la France. En 2008, son illustration a été choisie pour le manifeste de la Foire du livre jeunesse de la région Bourgogne, et a gagné le concours "Livralire".
Dessiner est la chose qui la rend la plus heureuse, car elle peut transmettre, dans chaque image, ses émotions, quelles qu'elles soient.

Table des Matières

Dans la même collection

1. **La Fantastique équipée de Tom Morgan**
   Anne-Sophie Silvestre
2. **Moi Iris, ma vie, mes pieds**
   Marie Bertherat
3. **Romulus le magnifique**
   Marie Bertherat
4. **La Princesse des nuages**
   Michel Cazenave
5. **La Sorcière de Venise**
   Anne-Sophie Silvestre
6. **Les aventures de Léon Tripié**
   T1 « 1785 »
   Annie Pietri
7. **Le chevalier à l'armure d'argent**
   T1 « La malédiction de Jérusalem »
   Alain Absire
8. **Les chevaux fantômes**
   T1 « L'enfant de Bibracte »
   Philippe Bouin
9. **Adelaïde, princesse espiègle**
   T1 « Une petite fiancée à Versailles »
   Annie Jay
10. **Moi Colombe, ma vie, mon sac**
    Marie Bertherat
11. **Les vampires du Brionnais**
    François Céresa

Collection
Éveil & Découvertes poche

1. **La sorcière et l'ordinateur**
   Yak Rivais
2. **Aie peur et tais-toi**
   Gudule
3. **La Famille Bonhomme chez la Reine d'Angleterre**
   Yak Rivais
4. **L'auteur a disparu**
   Anne-Marie Desplat-Duc
5. **L'affaire Casquette**
   Yak Rivais
6. **Dans les griffes du Papagarou**
   Gudule
7. **Deux belles histoires de princesses**
   Yak Rivais
8. **Vacances Cauchemars**
   Anne-Marie Desplat-Duc
9. **Le roi de Trouille-les-Pétoches et autres contes de rois**
   Évelyne Brisou-Pellen
10. **Deux chats pitres**
    Anne-Marie Desplat-Duc
11. **Un mystérieux bracelet**
    Anne-Marie Desplat-Duc
12. **La Voix de mon chien**
    Anne-Marie Desplat-Duc
13. **Le chevalier qui ne savait pas lire et autres contes de chevaliers**
    Évelyne Brisou-Pellen

Conception de mise en page :
Benjamin Retel

Éditions Éveil & Découvertes
34, quai Saint Cosme - 71100 Chalon-sur-Saône

Achevé d'imprimer en avril 2010
ISBN : 978-2-35366-012-4
8,90 €
Dépôt légal : troisième trimestre 2009
Imprimé en Union Européenne

loi n°49-956 du 16 juillet 1949
sur les publications destinées à la jeunesse